Mathias Enard
Der perfekte Schuss

AF186464

PIPER

Zu diesem Buch

Auf Konzentration kommt es an, auf Geduld und Atem-
kontrolle. An einem guten Tag reicht ihm ein einziger perfekter Schuss. Er ist zwanzig, der beste Scharfschütze der
belagerten Stadt. Wenn er von seinem Posten auf dem
Dach heruntersteigt, genießt er die Angst, die er verbrei-
tet. Furchtlos ist nur Myrna, das Mädchen, das für seine
demente Mutter sorgt – das er beschützen und besitzen will.
Dies ist ein Roman über den Krieg aus der Perspektive
eines Mörders, der sein Selbstwertgefühl aus der Ele-
ganz seiner Treffer zieht. Kalt spricht der Erzähler von
seinem Handwerk, dem Töten, und offenbart eine Wahr-
nehmung, in der die Verbindung zwischen gelungenem
Schuss und ausgelöschtem Leben gekappt ist.
Ein erbarmungsloser Text über die sich verselbständi-
gende Realität von Kriegsgewalt.

Mathias Enard, 1972 geboren, lebt in Barcelona und
Niort. Für den Roman »Kompass« erhielt er den Prix
Goncourt, 2017 den Leipziger Buchpreis zur Europä-
ischen Verständigung. 2021 erschien sein Roman »Das
Jahresbankett der Totengräber« und zuletzt 2024 »Tanz
des Verrats«.
Sabine Müller, geb. 1959 in Lauffen am Neckar, über-
setzt seit 25 Jahre aus dem Englischen und Französischen
u. a. Cecile Wajsbrot, Alain Mabanckou, Antoine Volo-
dine, Oliver Rolin und Patrick Deville. 2011 wurden sie
und Holger Fock für ihr gemeinsames Werk mit dem
Eugen-Helmlé-Übersetzerpreis ausgezeichnet.

Mathias Enard

DER

PERFEKTE

SCHUSS

Roman

Aus dem Französischen
von Sabine Müller

Mehr über unsere Autorinnen, Autoren und Bücher:
www.piper.de

Wenn Ihnen dieser Roman gefallen hat, schreiben Sie uns unter
Nennung des Titels »Der perfekte Schuss« an *empfehlungen@piper.de*,
und wir empfehlen Ihnen gerne vergleichbare Bücher.

Wir behalten uns eine Nutzung des Werks für Text und Data Mining
im Sinne von § 44b UrhG vor.

Von Mathias Enard liegen im Piper Verlag vor:
Zone
Erzähl ihnen von Schlachten, Königen
Kompass
Das Jahresbankett der Totengräber
Der perfekte Schuss

Das Motto entstammt André Breons *L'Amour fou*.
Deutsch von Friedhelm Kemp. © Kösel-Verlag München 1970.
Alle Rechte bei und vorbehalten durch Suhrkamp Verlag Berlin.

Ungekürzte Taschenbuchausgabe
ISBN 978-3-492-32042-9
Piper Verlag GmbH, München 2025
Januar 2025
© 2003 Actes Sud
Titel der französischen Originalausgabe:
»La perfection du tir«, Actes Sud, Arles 2003
© 2023 Hanser Berlin in der
Carl Hanser Verlag GmbH & Co. KG, München
Umschlaggestaltung: zero-media.net, München,
nach einer Gestaltung von Anzinger und Rasp, München
Satz: Greiner & Reichel, Köln
Gesetzt aus der Sabon
Gedruckt von ScandBook in Litauen

Ich möchte, dass von meinem Leben kein Laut bleibt als nur das Lied eines Spähers, der sich die Erwartung durch Singen verkürzt. Unabhängig von dem, was eintrifft, ist es wunderbar, in der Erwartung zu leben.

André Breton, *L'Amour fou, III.*

Das Wichtigste ist der Atem.

Das ruhige und langsame Ein- und Ausatmen, die Geduld des Atems. Zuerst muss man auf seinen Körper hören, auf seinen Herzschlag, Arm und Hand ruhig halten. Das Gewehr muss zu einem Teil des eigenen Körpers werden, seine Verlängerung.

Selbst das Ziel ist untergeordnet, wichtig ist die eigene Person. Man muss sich um den Platz kümmern, ob man sich auf einem Dach oder hinter einem Fenster befindet, ist egal, man muss die Stellung beherrschen, sie ganz vereinnahmen. Nichts stört mehr als eine Katze, die plötzlich hinter einem vorbeistreicht, oder ein Vogel, der auffliegt. Man muss ganz bei sich sein, nirgendwo sonst, das Auge am Fernrohr, den stählernen Arm aufs Ziel gerichtet, bereit zu treffen. Von meinem Dach aus übersehe ich die Bürgersteige, spähe die Fenster aus, schaue den Leuten beim Leben zu. Mit einem Druck auf den Abzug bin ich bei ihnen. Es ist nicht einfach, im Gegenteil, es ist ein schwieriges Geschäft, das Präzision und Konzentration erfordert. Alle denken immer nur an den Schuss und was er bewirkt. Sie wissen nicht, dass ich ihren Herzschlag durch meinen gehört, dass ich jede Gefühlsregung ausgeschaltet habe, dass ich den Atem anhalte, unmittelbar bevor ich abdrücke, wie man so sagt, aber ich drücke nichts ab, im Gegenteil, ich entriegle einen Metallhahn, der schlägt auf ein Zündhütchen, das die Treibladung entzündet, die wiederum ein Projektil aus dem Lauf schleudert, das bis zu zwölfhundert Meter weit fliegt und jemanden tötet. Oder auch nicht. Manchmal geht der schönste aller Schüsse daneben, es gibt Unwägbarkeiten, Hindernisse, die sich zwischen den Schützen und das Ziel stellen; ein Windstoß kann unmerklich an der Waffe eines Scharfschützen rütteln, ein Geräusch auf der Straße kann ihn ablenken, eine Explosion oder ein Motorgeräusch ihn überraschen. Doch der Schuss selbst ist nie der Grund. Ich schieße nur, wenn ich sicher bin. Ich schieße wenig. An manchen Tagen schieße ich einen Vogel ab, nachdem ich ihn eine Stunde dabei beobachtet habe, wie er durch die Lüfte segelte, so lange brauche ich zur Vorbereitung, um seine Flugstrecken zu kennen, um zu verstehen, wie sich die Luftmasse unter seinen Flügeln bewegt, um seine Entfernung, seine Flugbahn einzuschätzen. Normalerweise ziele ich auf den Flügel und sehe zu, wie er trudelnd abstürzt, oder ich versuche ganz nahe an dem Vogel vorbeizuschießen, ohne ihn zu berühren, ein Streifschuss. Dann fällt er ebenfalls herab. Wenn sie hoch genug fliegen, bekommen einige die Kurve, bevor sie auf den Boden aufprallen, doch die meisten stehen unter Schock und zerschmettern. Das ist ein gutes Training. Niemand schießt so gut wie ich, weil ich wenig schieße. Nie mehr als zehn Patronen an einem Tag. Nicht, dass ich mir ein Limit gesetzt hätte. Ich schieße einfach nur, wenn ich sicher bin. Die ganze Arbeit liegt davor.

Keine Ahnung warum, aber ich erinnere mich an jeden meiner Schüsse. Ich verwechsle sie nicht, sie sind alle verschieden. Ich suche mir nur die schwierigen aus. Zu Beginn, als ich Anfänger war, habe ich mich aufgeführt wie alle anderen, aber damals ging es darum, meine Mittelmäßigkeit zu verbergen. Ich suche mir nur die schwierigen Schüsse aus, weil die Freude dann größer ist. Schützen, die das nicht begreifen und auf alles schießen, was sich bewegt, sind Idioten.

*

Mir kommt es vor, als wäre ich schon immer Scharfschütze gewesen, doch ich mache das erst seit knapp drei Jahren, und wenn ich an meine Anfänge denke, schäme ich mich. Man kann alles lernen. Mein erster Abschuss zu Beginn des Krieges war ein Mann, der ein Taxi steuerte. Ich meinte ihn getroffen zu haben, denn der Wagen fuhr geradewegs gegen eine Wand. Ich wartete für den Fall, dass der Fahrer aussteigen würde, ich zitterte, richtete mein Gewehr nach allen Seiten, um zu sehen, ob ihm jemand zu Hilfe käme, ballerte zwei Kugeln aufs Geratewohl in die Autotür links vorn, er stieg natürlich nicht aus und niemand näherte sich. Ich hatte Tränen in den Augen, ich wusste nicht, was ich tun sollte; wegen des Autodachs, das mir die Sicht versperrte, sah ich nicht einmal, ob der Mann blutete, und geriet auf meinem fünfhundert Meter entfernten Gebäude in Panik. Eine Wirkung des Zielfernrohrs. Ich hatte das Gefühl, bei ihm zu sein, und wusste nicht mehr, ob ich der Scharfschütze war oder derjenige, auf den geschossen wurde. Ich hatte Angst, klemmte hinter meinem Gewehr, als könnte es mir die Augen dafür öffnen. Erschwerend kam hinzu, dass rechts von dem Wagen ein ziemlich hohes Haus stand und mir den Blick auf die Fahrertür versperrte. Jemand kam plötzlich im Laufschritt auf meinen toten Winkel zugelaufen, ich schoss reflexhaft, weil sich etwas bewegte, verfehlte ihn natürlich und traf das Auto, denn ich hatte noch nicht begriffen, dass man beim Blick durch das Zielfernrohr schlecht einschätzen kann, wie weit die Dinge voneinander entfernt sind. Ich war gezwungen, nachzuladen, und verlor dabei die Szene aus den Augen; da ich nicht aufgepasst hatte, wohin ich gezielt hatte, brauchte ich eine Weile, bis ich in meiner Panik den Wagen zwischen den Häusern wiederfand. Ich schwitzte, es war heiß, Sommer, der Krieg hatte gerade angefangen, und weil mir der Schweiß von der Stirn rann, konnte ich nicht durchs Zielfernrohr blicken. Als ich die Stelle wiedergefunden hatte, wartete ich eine Viertelstunde, aber niemand kletterte auf der Beifahrerseite des Autos heraus. Ich war frustriert, ich wusste nicht, ob der Mann tot war, ob ich oder der Unfall ihn getötet hatte. In diesem Moment kam ich mir wie ein Feigling vor, denn ich hatte mir das schwierigste Ziel ausgesucht, einen zu drei Vierteln verdeckten Mann in einem fahrenden Auto. Eigentlich wollte ich ihm, glaube ich, eine Chance lassen. Aus Feigheit. Entweder schießt man oder man schießt nicht. Man muss sich entscheiden, sonst ist man ein Feigling. Aber das habe ich erst später begriffen.

*

Schweigend beobachte ich die Stadt. Man muss bis zum Äußersten gehen. Wenige können das. Sie gehen nur den halben Weg, manchmal ohne es zu wollen, weil es sie packt, wenn sie durch das Visier ihrer tödlichen Waffe blicken. Alle sehen das Blut und den Schmerz, ohne zu verstehen, dass es noch etwas anderes gibt, ein flirrendes Mysterium, etwas wie eine Schwelle, wie eine Hängebrücke, die leicht im Wind schaukelt. Dieser Moment gehört mir. Auf dieses Intervall zwischen dem Drücken des Abzugs und dem Auftreffen der Kugel arbeite ich hin. Unbeeindruckt verschwinde ich in der Distanz zwischen mir und dem anderen. Dieses Verschwinden erfüllt mich. Es ist ein irres Vergnügen, man muss seiner würdig sein, es herbeiführen können.

Immer wenn ich sie betrachtete, wusste ich, dass sie im Grunde Angst hatte. Sie sah nur, worauf der Schuss abzielte, den Tod und alles, was sich daran anschließt. Doch jeder stirbt, was kann ich dafür? Jetzt spüre ich ihren Puls nicht mehr so stark und nicht mehr so deutlich wie hinter meinem Zielfernrohr, ich bin nur an ihrem Körper, und sie entschwindet, ihr Gesicht, das viel zu nahe ist, löst sich beinahe auf. Die Spannung, die Kraft, die Begierde hinter der Waffe kann sie sich nicht vorstellen. Sie versteht es nicht. Vielleicht ist es das Los großer Künstler, unverstanden zu sein. Keine Ahnung.

Zu Beginn des Krieges hatte ich dieses russische Gewehr, das mir nicht richtig behagte, aber ein anderes war nicht aufzutreiben. Ich konnte noch nicht einmal richtig das Korn einstellen, selbst ein stehendes Ziel in hundert Metern Entfernung traf ich nur mit Mühe. Aber ich lerne schnell, also lernte ich, damit umzugehen. Ich habe bei diesem verdammten Gewehr vielleicht zweihundert Mal das Visier eingestellt, bevor ich es kapierte. Und dann haben sie mir nach zwei oder drei Monaten, als inzwischen überall gekämpft wurde und sie merkten, dass ich ein ausgezeichneter Schütze war, eine echte Waffe gegeben. Als Gegenleistung bat mich der Offizier, der sie mir brachte, jemanden zu töten, der seiner Frau nachstellte, einem fetten Weib, die keiner, der bei Verstand war, gewollt hätte. Ein guter Schuss, mit der alten Russin, denn das neue Gewehr war noch nicht eingeschossen. Ich habe ihn vor seiner Haustür mitten ins Herz getroffen, direkt unter der linken Schulter.

Damals waren meine einzigen Freunde, ihrer Bedeutung nach geordnet, mein Gewehr, das Meer und Zak. Stundenlang habe ich von meinem Dach aus das Meer betrachtet. Es hat mir immer gefallen, dabei bin ich keineswegs romantisch veranlagt. Das Meer wechselt die Farbe, es wogt oder ist reglos. Im ersten Kriegsjahr zum Beispiel hat es sich überhaupt nicht bewegt, kaum dass es sich ab und zu kräuselte. Es war den ganzen Tag über blendend blau, und nicht einmal nachts konnte man es hören. Einmal sind wir an den Felsen unterhalb des Leuchtturms baden gegangen, Zak und ich, bei Nacht, das Wasser war fast so warm wie die Luft. Wie in der Badewanne. In den Bergen fielen Bomben und wir waren im Wasser, machten den Toten Mann und genossen das Schauspiel. Wir blieben nicht lange im Wasser, weil wir Angst hatten, irrtümlich als nackte Idioten unter Beschuss zu geraten. Aber wir fühlten uns gut, als wir herauskamen, man konnte sich fast einbilden, es sei kühl. Danach sind wir an die Front zurückgekehrt und ich bin wieder auf das Dach geklettert. Ich war sozusagen den ganzen Sommer draußen, meine Mutter sah mich nur ein oder zwei Mal. Sie war schon halb verrückt, bekam gar nichts mehr auf die Reihe. Sie fragte mich bloß, ob es immer noch welche gebe, die man töten müsse. Die Nachbarin, die sich um sie kümmerte, hatte Angst vor mir, und das gefiel mir. Sie nannte mich einen Mörder. Damit sie den Mund hielt, genügte es, wenn ich ihr geradewegs in die Augen sah und dabei zweimal mit meinem Siegelring auf den Stahl meines Gewehres klopfte. Tak, tak. Schweig. Du hast keine Ahnung. Du brauchst mich, um dich zu verteidigen. Das sagte mein Gewehr. Du verachtest mich, aber du bist gezwungen, mich zu unterstützen. Es ist Krieg, muss ich dir das extra sagen? Wäre es dir lieber, wenn jemand anderes, ein Fremder, oben auf dem Dach säße und dich durch sein Zielfernrohr ansähe? Denk an mich als einen Schutzengel. Sie bekam immer mehr Angst. Sagte, sie habe gehört, man würde sogar auf die

Kinder in den Schulhöfen schießen. »Ich nicht«, log ich. Ich weiß im Übrigen nicht, warum ich log. Aber es war zu Beginn des Krieges, und noch hatte niemand begriffen, dass sich alles endgültig verändert hatte.

Zak und ich hatten jedoch eine leise Ahnung. Besonders er. Er hatte sich kopfüber in den Krieg gestürzt wie ins Wasser, ohne zu zögern. Das musste man gesehen haben, Zak bei den Straßensperren, stolz wie ein Gockel. Mit überheblichem Blick stoppte er die Fahrzeuge durch einen Wink mit der Waffe; in der Hosentasche trug er stets eine Autoantenne bei sich, die er zur Peitsche auseinanderzog, um Widerspenstige zu züchtigen. Seine Angeberei, gegenüber Frauen vor allem, ging mir ein wenig auf die Nerven – sobald er eine stoppte, wurde er peinlich und plusterte sich auf wie ein Pfau oder ein Hahn. Für mich waren die Straßensperren echter Frondienst, ich kam nicht zum Schießen, war weitab vom Krieg. Klar, es war notwendig, wir mussten zeigen, dass wir, die Kämpfer, für Ordnung und Sicherheit sorgten. Aber es war ein riesiger Zeitverlust und aufreibend; in der prallen Sonne mitten im Verkehr zu stehen, zehrte an den Nerven, und wir haben es dann an einem armen Kerl ausgelassen, der keine Papiere hatte, ihn auf der Ladefläche eines Lastwagens verprügelt oder, wenn Zak einen guten Tag hatte, ihn als »Spion« mit einem Sack über dem Kopf auf eine Runde in einen Keller abgeführt, aus dem er nicht mehr auftauchte. Ich bewunderte Zaks gekonntes Vorgehen, ich war ein unbeleckter Anfänger, dem alles, was er sah, wie ein Kunststück vorkam. Er war vier Jahre älter als ich, da war das normal.

*

Am 7. August feierte ich meinen achtzehnten Geburtstag. Es gab einen Waffenstillstand, glaube ich, aber nicht für mich. Ich schoss etwas weniger, weil ich besser wurde, das war alles. Der Waffenstillstand, das wusste jeder, war sowieso ein Witz, man wollte nur Zeit gewinnen. Ich blieb auf meinem Dach. Nachts nahm ich eine Flasche Alkohol und ein Päckchen Zigaretten mit. Im Dunkeln schießt man selten, klar, aber ich sah die Umrisse der Kämpfer unter mir und ich bewachte die Stadt. Ich suchte nach den Schattengestalten.

Der frühe Morgen ist die beste Zeit. Das Licht ist perfekt, es blendet kaum, nichts spiegelt. Die Leute beginnen einen neuen Tag und sind nicht ganz so vorsichtig. Für einen oder zwei Momente vergessen sie, dass Teile ihrer Straße von unseren Gebäuden aus einsehbar sind. Im Morgengrauen hatte ich einige meiner besten Abschüsse. Die Frau zum Beispiel, die sich in ihrem schönen Kleid, einen Korb in der Hand, zu freuen schien, aus dem Haus zu gehen. Ich habe sie im Nacken getroffen, sie fiel auf der Stelle um wie eine Marionette, der alle Fäden gekappt wurden. Das war am Anfang, für die Leute war es noch ungewohnt. Mit der Zeit sind die Schüsse zur Normalität geworden, man wusste, wo man langgehen konnte, wo Gefahr lauerte. Ich hatte das Gefühl, als kontrollierte ich einen Teil der Stadt. Das war zugleich befriedigend und frustrierend, denn es wurde immer schwieriger, zum Schuss zu kommen. Deshalb musste ich mich von den Kameraden abkapseln und mehr Zeit mit Training verbringen. In gewisser Weise war das auch besser so, denn ich hatte langsam die Nase voll von den Straßensperren und den endlosen Kartenspielen im Kommandoposten. Der Offizier, der mir das Gewehr gegeben hatte, ließ mir freie Hand, die Kameraden stellten keine Fragen; Zak schaute ab und zu bei mir auf dem Dach vorbei, um mir ein Sandwich zu bringen oder einfach kurz zu quatschen. Er war ein wenig eifersüchtig, glaube ich, denn er war immer ein schlechter Schütze gewesen. Er war unfähig, aus fünfzig Metern ein feststehendes Ziel zu treffen. Sein Ding war der Nahkampf mit dem Messer oder den Fäusten. Wenn man ein guter Kämpfer sein will, muss man seine Stärken und seine Schwächen kennen. Zak war einer der Besten für den Hinterhalt. Alle bewunderten ihn.

*

Genau zu der Zeit, mitten im schönsten Sommer, schnappte meine Mutter endgültig über. Sie trat nackt auf den Balkon, schrie jede Nacht. Sie wusch sich nicht mehr, weil sie sich vor Wasser fürchtete. Die Nachbarin wollte nicht länger kommen, weil meine Mutter sie kratzte und ihr das Leben schwer machte. Jeden Abend räumte sie alle Möbel in der Wohnung vor die Eingangstür, erst schob sie die Kommode über die Kacheln, dann das Sofa, die Stühle. Einmal kam ich gegen Mitternacht nach Hause und war gezwungen, über den Balkon einzusteigen. Ihr Zustand verschlimmerte sich täglich. Sie konnte sich nicht einmal mehr selbstständig ernähren. Sie machte sehr merkwürdige Sachen, fegte zum Beispiel vier, fünf Stunden lang dasselbe Stück Kachelboden und folgte dabei den Motiven auf den Bodenplatten. Oder es fiel ihr ein, dass sie etwas kochen musste, und sie stellte lauter leere Töpfe aufs Feuer. Ich musste dem Lebensmittelhändler verbieten, ihr irgendetwas zu verkaufen, denn sie holte zum Beispiel fünf Kilo Linsen und setzte sie ohne Wasser auf, bis die vom Rauch und Gestank alarmierte Nachbarin herbeieilte. Ich überlegte, ob ich sie umbringen sollte, damit es ein Ende hatte, aber ich habe es nicht wirklich versucht. Man hätte sie in einem Heim unterbringen müssen, aber es war Krieg, da gab es mehr Irre denn je und keine Plätze.

So habe ich Myrna kennengelernt. Ich hatte sie schon gesehen, denn sie kam aus unserem Viertel, aber ich wusste nicht, wer sie war. Der Lebensmittelhändler gab mir den Rat:

»Du solltest jemanden zu dir nehmen, für deine Mutter. Jemanden, der die ganze Zeit über da ist, denn was sie treibt, endet irgendwann in einer Katastrophe.«

Ich hatte keine Ahnung, was er mit Katastrophe meinte, aber ich sagte:

»Ja, schon möglich. Aber ich wüsste keinen, der sich darauf einlassen würde. Sie ist verrückt, das wird kein Spaß. Und zahlen kann ich auch nicht viel.«

»Myrna vielleicht. Sie hat niemanden mehr. Sie sucht Arbeit.«

»Wer ist das?«

»Die Tochter des Elektrikers.«

Wie alle kannte ich die Geschichte des Elektrikers, aber ich wusste nicht, dass er eine Tochter hatte. Er war einige Wochen zuvor in seinem Geschäft von einer Mörsergranate weggepustet worden. Übrig geblieben war eine Mischung halb verkohlter Leichenteile, Radio- und Fernsehertrümmer.

»Ist sie denn nicht verheiratet?«

»Sie ist fünfzehn, höchstens.«

Anfangs war ich unschlüssig, denn über eine Fünfzehnjährige, die bei mir lebte und sich um meine Mutter kümmerte, würde sich das Viertel den Mund zerreißen. Doch zugleich fürchteten mich alle, weil sie wussten, dass ich bei den Kämpfern war. Zuerst habe ich die Sache mit Myrna auf sich beruhen lassen, mehr aus Trägheit als aus einem anderen Grund.

Ich schaute drei- oder viermal am Tag zu Hause vorbei, um nach meiner Mutter zu sehen, das war alles. Ich wusste nicht, wie ich sie dazu bringen konnte, etwas zu essen. Sie magerte zusehends ab. Und weigerte sich, mit mir zu sprechen. Ich glaube, sie erinnerte sich nicht mehr richtig daran, wer ich war. Dazu muss man wissen, dass ich in dieser Zeit immer in einem khakibraunen Kampfanzug herumlief. Mit Patronengürtel und allem. Als Waffen hatte ich eine automatische Pistole und ein Messer bei mir. Es war besser, ständig bewaffnet zu sein, denn man wusste nie, was passieren würde. Und außerdem war es wie eine Uniform: Wer gut sichtbar eine Waffe trug, war Soldat. Die meisten meiner Mitkämpfer hatten eine Kalaschnikow, ich nicht. Zum einen fehlt ihr die Präzision, zum anderen verleiht einem ein Revolver Gewicht. Den Status eines Offiziers sozusagen. Das Problem bei meinem Gewehr: Zusammen mit dem Ständer, dem Visier und dem Fernglas ist es ziemlich sperrig.

Gegen Ende des Herbstes entschloss ich mich dann, jemanden zu suchen, der sich um meine Mutter kümmerte, weil ich zu eingespannt war. Die Kämpfe an der Front hatten wieder begonnen, besonders nachts, und es gab gute Schussmöglichkeiten. Ich hatte einen amerikanischen Mündungsfeuerdämpfer gefunden, der auf mein Gewehr passte, die Dunkelheit machte mich unsichtbar. Das ist schlecht für den Schuss, aber man schießt nachts nie in die Ferne. Ich hielt Ausschau nach Schatten, wartete ab, bis sie feuerten, und schaltete sie dann mit einem einzigen Schuss aus. Es ist verrückt, wie sehr ein Sturmgewehr aufleuchtet. Die Typen kapierten nichts, sie hielten sich im Dunkeln versteckt und wurden trotzdem niedergestreckt.

Tagsüber die Straßen, die Passanten, nachts die zerstörten und verlassenen Häuser, die Schatten. Ich hatte keine Zeit, zu

Hause vorbeizugehen, fragte mich, was für ein Chaos ich bei meiner Rückkunft vorfinden würde. Wenn man eine körperlich und intellektuell anstrengende Arbeit verrichtet, bei der man die ganze Zeit unter Spannung steht, will man sich ausruhen, wenn man nach Hause kommt, und nicht erst gezwungen sein, die Torheiten einer Irren auszubügeln, die einen nur jedes zweite Mal wiedererkennt. Außerdem war mir natürlich klar, dass sie sich einsam fühlen musste und dass sich die Situation ohne jemanden zum Reden nur verschlimmern konnte. Insbesondere, weil die Nachbarn langsam genug von ihr hatten. Nach einer anstrengenden Woche (immer wieder Gewitter, wir waren die ganze Zeit halb nass) kam ich also nach Hause. Als ich fortgegangen war, hatte ich grundlegende Sicherheitsvorkehrungen getroffen, die Gasflasche abgedreht und abmontiert etc. Das Wasser stellte kein Problem dar, denn es kam nicht viel, und sie hatte eine Mordsangst davor. Ich komme also nach Hause, und niemand ist da. Ich weiß nicht warum, aber mein erster Gedanke war: Sie ist tot. Niemand war da, es war nicht besonders unordentlich, und ich dachte, sie sei in der Woche gestorben. Da ich wirklich erschöpft war, legte ich mich in voller Montur aufs Bett und schlief sofort ein. Was auch immer gerade bombardiert wurde, ich schlief. Gut zwölf Stunden später wachte ich auf. Ich hatte Hunger, deshalb ging ich raus, um etwas zu essen, und als ich beim Lebensmittelhändler vorbeikam, rief er mir zu:

»Hey, deine Mutter ist im Krankenhaus.«

»Ist sie tot?«, fragte ich.

»Was? Nein, nein, warum? Ich glaube, es geht ihr sehr gut. Frag deine Nachbarn.«

Das hatte mir gerade noch gefehlt. Ich sollte am selben Abend wieder auf dem Posten sein. Ich ging zur Einsatzleitung, um ihnen mitzuteilen, dass ich nicht arbeiten könnte, weil meine Mutter im Krankenhaus sei. Ich erkundigte mich bei den Nachbarn nach ihrem Verbleib – sie sahen mich an, als wäre ich ebenso verrückt wie sie –, dann ging ich sie abholen. Sie hatte natürlich nichts, der Arzt erklärte mir, sie leide unter wiederkehrenden Wahnvorstellungen und müsse daher Medikamente einnehmen, die sie beruhigen. Außerdem könne sie nicht allein bleiben, weil sie offensichtlich zu essen vergesse. Und da fiel mir diese Myrna ein, auf die mich der Krämer hingewiesen hatte. Das alles würde leider Geld kosten, aber ich brauchte Ruhe, um mich zu konzentrieren. Außerdem würde es angenehm sein, jemanden zu haben, der etwas kochte, wenn ich nach Hause kam. Seit der Krieg begonnen hatte, aß ich nur noch Sandwiches oder die Gerichte, die Freunde mitbrachten. Ich schaffte meine Mutter nach Hause, sie war völlig benebelt von den Medikamenten, die man ihr im Krankenhaus gegeben hatte, dann ging ich hinunter zu dem Lebensmittelhändler.

»So kann es nicht weitergehen«, sagte ich zu ihm, »ich brauche endlich jemanden, der bei ihr bleibt. Meinst du, diese Myrna würde es machen?«

»Kann sein. Ich werde sie fragen, wenn sie vorbeikommt. Ich schicke sie zu dir, wie lange bist du da?«

»Bis morgen früh.«

»Gut, ich sage ihr, sie soll heute Abend bei dir vorbeischauen.«

Ich erklärte den Nachbarn, dass ich mich um jemanden bemühte, der auf meine Mutter achtgab. Sie wirkten erleichtert: Sie heule jede Nacht, deshalb habe man sie ins Krankenhaus verfrachtet. »Als hätte man nicht so schon genug Probleme«, sagte eine Nachbarin.

Gegen sechs Uhr kam Myrna. Ich hatte mir nicht vorgestellt, dass sie so jung war. Sie sah aus wie ein Kind, doch sie schien nicht verloren oder schüchtern zu sein. Sie sah mir direkt in die Augen.

»Ich bin Myrna. Der Lebensmittelhändler von unten schickt mich.«

»Ja, ich weiß. Hat er dir gesagt, warum?«

»Er sagte, es geht darum, sich um eine kranke Dame zu kümmern.«

Ich erklärte ihr die Situation, dass ich zeitweise länger wegbleiben müsse und jemanden brauchte, der sich um die Wohnung und meine Mutter kümmerte, kochte und den Haushalt machte. Ich war offen zu ihr, sagte ihr, dass es kein Vergnügen sein würde, weil sie vollkommen übergeschnappt sei. Sie fragte, ob sie meine Mutter sehen könne, und ich führte sie zu ihrem Zimmer. Sie schlief.

»Sie sieht jung aus«, sagte Myrna.

Und dann sprachen wir über das Geld. Ich erklärte ihr, wie viel ich ihr in der Woche für die Einkäufe und alles geben könne. Sie überlegte einen Augenblick und sagte, sie wolle es erst einmal eine Woche versuchen, dann würde sie weitersehen.

»Einverstanden. Du kannst im dritten Zimmer wohnen.«

Das dritte Zimmer war das Zimmer meines Bruders, doch er ist vor langer Zeit ausgewandert und hat nie wieder etwas von sich hören lassen. Dann stellte ich Myrna den Nachbarn vor, die sie mitleidig ansahen, ich wusste nicht, ob wegen der Geschichte mit ihrem Vater oder weil sie bei mir bleiben würde. Vermutlich beides. Sie sagten ihr, sie könne bei ihnen vorbeikommen, wann immer sie wolle. Ich überlegte kurz, ob ich nicht sofort an die Front zurückkehren sollte, aber dann dachte ich, gut, in der ersten Nacht wäre es wohl besser, wenn ich dabliebe. Sie ging gleich los, um ihre Sachen zu holen, bevor es dunkel wurde, und kam mit einem kleinen Koffer zurück. Wir stellten uns auf den Balkon, es war schwül, wieder einmal lag ein Gewitter in der Luft; wir hörten die Bombardements. Ihr Haar war tiefbraun, ihr Teint matt. Sie hatte fast den Körper einer Frau und dazu das Lächeln eines Mädchens, ein nettes Gesicht. Vor allem schwatzte sie nicht viel. Sie schien mich zu mögen. Ich fragte sie, ob sie sich nicht fürchte, sie sah mich an und schüttelte den Kopf: Nein, sie hatte keine Angst, man sah es in ihren Augen. Wahrscheinlich waren alle anderen Hausbewohner im Treppenhaus, denn das Bombardement kam immer näher, wir aber standen auf dem Balkon, und ich versuchte herauszufinden, ob sie wirklich so furchtlos war. Nicht weit entfernt schlug eine Granate ein. Sie zuckte zusammen, die Explosion überraschte sie, aber sonst nichts. Gut, es war Zeit reinzugehen. Ich hatte das Badezimmer zum Schutzraum hergerichtet, denn es geht nach hinten raus, der Abstand zum Nebenhaus beträgt nur einen Meter, außerdem schützen es zwei Stockwerke darüber vor einem direkten Einschlag. Das Bad ist einigermaßen sicher, und gegen Granatsplitter hatte ich es mit Sandsäcken ausstaffiert, die ich von der Front geholt hatte. Ich zeigte ihr, wie man meine Mutter dorthin bugsierte. Sie war noch immer vollkommen benebelt von den Drogen und wurde nicht einmal wach. Inzwischen hagelte es um uns Bomben, bum, bum, bum; ich löschte die Gaslampe, nahm eine Kerze und wir saßen in unserem Versteck, während jeder Einschlag im Haus widerhallte. Myrna sagte nichts, die Kerze warf hübsche Schatten auf ihr Gesicht. Sie hatte keine Angst. Meine Mutter schlief auf dem Feldbett. Ich fragte Myrna, ob sie Hunger habe, und ging in die Küche, ohne ihre Antwort abzuwarten, um Brot und eine Dose Sardinen zu holen. Wir aßen fast wortlos, bei den Explosionen fuhr sie hoch, aber sie riss sich zusammen und aß weiter, vielleicht um mir zu zeigen, wie furchtlos sie war. Dann entfernte sich das Bombardement ein wenig, anscheinend war es genug für diesen Abend. Ich trat auf den Balkon, in der Ferne brannten zwei Autos, und das war alles. Die Bomben fielen jetzt weiter weg in Richtung Meer. Ich überlegte mir, dass es besser wäre, wenn sie diesen Abend mit meiner Mutter im Versteck schliefe, weil sie ein Kind war und ich die Verantwortung für sie hatte. Ich holte ihre Matratze, sagte zu ihr, dass sie diesen Abend besser im Badezimmer schlafen solle, und machte damit deutlich, dass sie bei mir nichts zu befürchten hatte, dann sah ich ihr beim Einschlafen zu. Ich blieb noch eine ganze Weile wach und ging zuletzt zum Schlafen in mein Zimmer. Ich war froh, dass sie da war.

*

Als ich am nächsten Morgen aufwachte, war sie schon lebhaft im Gespräch mit meiner Mutter. Jedenfalls redete meine Mutter wie immer allen möglichen Unsinn, und Myrna lachte und erledigte nebenher die Hausarbeit. Ich fragte sie, ob es gehe, sie sagte, ja, kein Problem: Ich ließ ihr Geld zum Einkaufen da, erklärte ihr, wie sie die Sandsäcke vor der Tür aufstapeln musste, falls es wieder losging, und dass sie, wenn das Viertel direkt unter schwerem Beschuss stand, mit meiner Mutter zu den Nachbarn ins Treppenhaus gehen solle. Verstehe, erwiderte sie. Ich würde versuchen, am Abend wieder vorbeizukommen, sagte ich und brach auf. Sei vorsichtig, meinte sie, und ich ging mit einem Augenzwinkern.

Ich kehrte an die Front zurück und bezog wieder Stellung hinter meiner improvisierten Schießscharte; ich musste einen Durchgang bewachen, der sich für einen Versuch feindlicher Infiltration eignete. Der Vormittag war ruhig, ich streckte eine Katze nieder, die auf einem Stahlbetonträger balancierte, und einen armen, alten Idioten, der hemdsärmelig auf unsere Linien zulief. Ich erschoss ihn, bevor er in seiner Dummheit verraten konnte, wo unsere Minen lagen.

Danach mussten Zak und ich den ganzen Nachmittag über bei einer Kreuzung an der südlichen Ausfallstraße, fast direkt am Meer, an einer Straßensperre aushelfen. Es war ein schöner Herbsttag, ideal, das Meer schimmerte orange. Wir bezogen unsere Plätze, darin hatten wir Routine, zwei an der einen, zwei an der anderen Seite der Sperre, damit wir den Verkehr in beiden Richtungen kontrollieren und uns im Ernstfall gegenseitig unterstützen konnten. Wir hielten nicht jeden Wagen an: In ruhigen Phasen begnügten wir uns meist damit, sie durchzuwinken. Das Verfahren nannte sich »Gutdünken«; Zak bildete sich etwas ein auf seine physiognomische Treffsicherheit, er warf einen Blick in den Wagen und wusste auf Anhieb, ob sich der Fahrer etwas vorzuwerfen hatte oder nicht. Man muss zugeben, er täuschte sich selten. Wenn er Zweifel hatte, winkte er den Wagen rechts raus, und ich war an der Reihe. Ich kontrollierte Papiere und Ausweise, durchsuchte Innenraum und Kofferraum. Wenn alles sauber war, kamen die Fahrer mit dem Schrecken davon; doch meist entdeckte man etwas – Waffen, Drogen, verschiedene Waren, falsche Ausweise, Spitzel und so weiter. Bei harmlosen Vergehen begnügten wir uns damit, einen Teil der Ladung zu beschlagnahmen oder eine »Strafgebühr« zu erheben; wenn es schlimmer war, führte man den Verdächtigen ab zum Verhör im Posten. Manchmal tauschten wir die Rollen, ich stoppte die Wagen und Zak durchsuchte sie. An diesem Nachmittag war Zak gut in Form, er wollte zuerst den Kontrollpart übernehmen. Ich ließ die meisten Autos durch, aber ich sah, dass Zak auf dem Seitenstreifen gelangweilt auf und ab ging – und winkte eine alte Kiste heraus, am Steuer ein offensichtlich verängstigter Fahrer mit zitternden Händen am Lenkrad. Aus Neugier beobachtete ich Zak aus dem Augenwinkel; er hatte seine Methode sehr ausgefeilt. Er ließ den Verdächtigen aussteigen, durchsuchte ihn, um sicher zu sein, dass er nicht bewaffnet war, kassierte seine Ausweispapiere und hieß ihn vor der Fahrertür auf den Boden knien, die Hände über dem Kopf; dann begann er das Auto zu inspizieren. Ich verlor ihn einen Augenblick aus den Augen, ich musste die anderen Fahrer mustern. Fünf Minuten später, als die Autoschlange lockerer wurde, war Zak mit dem Verdächtigen verschwunden; er war mit ihm, wie ich wusste, hinter den Posten gegangen und »bestrafte« den Mann für irgendeinen Verstoß oder eine Lüge. Wenn es etwas Größeres gewesen wäre, hätte er mich gerufen. Nach einer Viertelstunde sah ich sie wieder vorkommen, der Fahrer etwas gebeugt, leicht hinkend, mit tränenüberströmtem Gesicht, und hinter ihm Zak, der strahlte, von einem Ohr zum anderen amüsiert grinste und ihm Beine machte, indem er ihm mit seiner Antenne auf den Hintern schlug wie auf die Kruppe eines Esels. Ich fragte mich, was der Kerl getan und ob Zak etwas Interessantes beschlagnahmt hatte – Whisky zum Beispiel, sein Lieblingsgetränk. Er gab dem Fahrer seine Papiere zurück, verabschiedete ihn wie im Kasperletheater mit einem militärischen Gruß und ließ ihn weiterfahren.

Ich winkte Zak zu mir.

»Was hast du gefunden?«, fragte ich.

»Nichts, aber er ist gestorben vor Angst. Ich war mir sicher, dass er was zu verbergen hatte.«

»Und?«

»Nichts. Er ist einfach nur ein Waschlappen. Er hätte seine Mutter und seine Schwester verraten, um seinen Arsch zu retten.«

Ich konnte mir ein Lachen nicht verkneifen, auch wenn das nicht ganz in Ordnung war. Klar, wir standen ständig unter Strom, ab und zu ein bisschen Spaß musste sein, aber es gab Grenzen.

Wir hatten an diesem Tag nicht wirklich Lust auf Arbeit, deshalb schwatzten wir uns fest und winkten die Autos durch: Das Meer färbte sich immer leuchtender orange. Es war ein richtig gutes Gefühl, wir hier zu zweit vor dem Sonnenuntergang wie die Könige der Welt, während all die Autofahrer in Todesangst vorbeifuhren und um unseren Segen bangten.

Als ich am Abend mit Zak zur Einsatzleitung zurückkehrte, lag ein freier Tag vor mir, bevor ich wieder für eine volle Woche einrücken musste. Die Front hatte sich zu den Hügeln hin verlagert, wir in der Stadt hatten es ziemlich ruhig; doch wir waren mit einem Mal weniger Leute, und gegebenenfalls würden wir uns im Wochenturnus abwechseln, um unsere Positionen nicht zu sehr zu schwächen. Die gegnerische Seite war hinterhältig genug, irgendeinen Vorstoß zu starten. Außerdem mussten wir die Ordnung aufrechterhalten, uns im Schichtdienst an den Straßensperren ablösen und so weiter, viel Arbeit für nur noch etwa fünfzehn Kämpfer in meinem Frontabschnitt. Ganz bestimmt würde ich die ganze Woche kaum schlafen können. Dabei muss man in Form sein. Ich schlafe immer wenig, aber das ist nicht gut für einen Kämpfer; wenn man keinen klaren Kopf hat, tut man die unmöglichsten

Dinge und trifft nicht. Man muss gegen die Anspannung ankämpfen, um ruhig zu bleiben, sonst verliert man die Nerven wie die Jungs, die mit Rauschgift vollgepumpt zu einer Belagerung aufbrechen und in den nächstbesten Hinterhalt geraten, weil sie sich für unbesiegbar halten. Man muss die Angst, die Erschöpfung und die Erregung im Griff haben, sonst begeht man ganz sicher eine Dummheit. Das lernt man nach und nach im Einsatz. Das Schießen ist eine gute Schule. Krieg muss man geordnet führen, wenn man ihn gewinnen will. Die auf der anderen Seite hatten das noch nicht begriffen, sie stürmten in der Dunkelheit johlend auf unsere Verteidigungslinien los, und wir mussten sie fast im Nahkampf stoppen, nur zwei, drei Meter von uns entfernt zwischen zwei Gebäuden, vollkommen sinnlos, es war lediglich Verschwendung von Menschen und Material, trotz der Volltreffer. Zudem war es nachts unmöglich zu sehen, wo die Verwundeten lagen, und wir fanden jene, die nicht mehr kriechen konnten, im Morgengrauen tot in den unmöglichsten Positionen, einer hing mit einem Bein in einem Fenster, ein anderer war auf eine Miene getreten, hatte einen Fuß in der Hand. Und meistens musste man die folgende Nacht abwarten, bis man sie holen konnte, weil die Scharfschützen auf der Gegenseite es nicht zuließen.

Deshalb ist mir das Schießen immer das Liebste, nicht aus Feigheit, sondern aus Gründen der Effizienz. Das Übrige ist bestenfalls unvermeidlich. Der Verantwortliche in meinem Sektor stimmte darin übrigens mit mir überein und wir haben uns beim Ausbau unserer Stellungen stark auf Scharfschützen und Maschinengewehre gestützt. Uns war klar, dass wir, bevor wir daran denken konnten, Terrain zu gewinnen, sicher sein mussten, keines zu verlieren. Und da wir die höchsten Gebäude besetzt hielten, konnten wir dem Feind den ganzen Tag im

Nacken sitzen: Nichts ist so demoralisierend wie der Tod eines Kameraden, der von einer Kugel in den Kopf getroffen wird, die geradewegs aus dem Nirgendwo kommt. Oder wie eine Kugel, die zehn Zentimeter neben einem in die Wand einschlägt, während man gerade aus dem Haus gehen will, so dass man gezwungen ist, drinnen zu bleiben – ganze Viertel verwandelten sich deshalb in Einöden, unspektakuläre, breite Straßen wurden unpassierbares No-man's-land. Natürlich haben sie unsere Strategien kopiert, weil das die besseren waren. Sobald man begriffen hat, dass Krieg ist, ist gute Organisation nötig.

Ich lief also nach Hause, um zu sehen, wie Myrna sich geschlagen hatte, und früh ins Bett zu gehen, falls es kein allzu großes Bombardement geben würde. Da sie die Artillerie an der Front brauchten, rechnete ich eigentlich fest mit einer ruhigen Nacht. Auf dem Heimweg hatte ich ein seltsames Gefühl, ein wenig wie ein Kämpfer, der die tagsüber erlebten Gefahren und das Blut vergessen will und zufrieden ist, weil er weiß, dass er zu Hause nun endlich Behaglichkeit und Ruhe findet wie in einer echten Familie. Es war mehr ein Wunschtraum, denn ich kannte Myrna ja kaum, und dennoch war ich glücklich, dass es dort außer meiner Mutter noch jemanden gab, der auf mich wartete.

Als ich die Wohnung betrat, war es genau, wie ich es mir ausgemalt hatte. Myrna war da und hatte etwas zu Abend gekocht; sie hatte das ganze Haus geputzt, meine Mutter lächelte und war vergnügt; sie sang Lieder aus ihrer Jugend mit Worten, die der Wahn ihr eingab – es war seltsam und ein wenig unheimlich. Myrna fragte mich, was ich den Tag über gemacht hätte, aber ich sah, dass sie ihre Frage sofort bedauerte. Um sie zu beruhigen, lachte ich und sagte, nichts Besonderes, im Moment sei es ruhig, die Kämpfe hätten sich in die Hügel verlagert. Sie wird es übrigens gewusst haben – alle sprachen darüber. Sie fragte nicht weiter. Keine Ahnung, warum ich ihr nicht erzählt habe, wie mein Tag verlaufen war, wohl wegen des Todes ihres Vaters, damit sie nicht auch hier, in dem neuen Heim, das sie gerade gefunden hatte, den Krieg spürte. Es war jedenfalls idiotisch, denn der Krieg war überall, und irgendjemand musste ihn führen. Vor allen Dingen, glaube ich, hatte ich tierische Angst, sie könnte mich wegen meiner Arbeit ablehnen. Ich kannte sie noch nicht gut.

Ich bin früh zu Bett gegangen, aber es gelang mir nicht, sofort einzuschlafen. Manchmal dauert es lange, bis sich die tagsüber angehäufte Anspannung legt, man wälzt sich stundenlang im Bett hin und her und lässt die Schüsse und Gefechte an sich vorüberziehen, ohne müde zu werden. Und manchmal schläft man ein, sobald man ein Kissen unter dem Kopf hat. So ist das eben. Deshalb stand ich auf, um in aller Ruhe eine Zigarette auf dem Balkon zu rauchen, lautlos, damit niemand aufwachte. Vom Meer wehte schwere und salzige Luft heran, es tat gut. Das Licht der Gaslampe fiel durch Myrnas geschlossene Fensterläden, und ich trat vor ihr Fenster, um zu sehen, ob sie vergessen hatte, es auszuknipsen, aber nein, sie war gerade dabei, sich auszuziehen. Ich weiß nicht, was mich gepackt hat, aber im Schutz des Halbdunkels hing ich mit den Augen an den Lamellen und beobachtete sie. Sie war mager, aber nicht allzu sehr; ihre Brüste waren größer, als sie unter der Bluse gewirkt hatten, mit sehr dunklen Brustspitzen. Ihre Beine waren schlank und lang. Sie zog ihren Slip aus, drehte mir den Rücken zu, aber ich sah sie auch im Spiegel am Schrank. Ihre Pobacken waren mager, im Spiegel ahnte ich, wo die Spalte zwischen ihren Schamlippen verlief. Sie schlüpfte in ein Nachthemd, das ihr bis halb über die Schenkel reichte, löschte das Licht und legte sich ins Bett. Ich war wie vor den Kopf gestoßen, überrascht, spannungsgeladen; ich hatte große Lust, mich zu ihr ins Bett zu legen, aber ich wusste, dass sie sehr jung war und sich nichts gefallen lassen würde, ich sie zwingen müsste. Daher kehrte ich in mein Zimmer zurück und masturbierte zwei Mal, bevor ich einschlafen konnte. Ich träumte die ganze Nacht von ihr. Ich träumte, ich vergewaltigte sie und dass sie schrie; ich träumte, dass ich sie tötete, weil sie sich mir verweigerte. Am Morgen stand ich noch vor Sonnenaufgang auf, ich hatte Gliederschmerzen, alles schmerzte, als ob ich die ganze Nacht gerannt wäre, und mein Kopf war voll von widersprüchlichen Bildern aus diesen Träumen. Alle schliefen noch, als ich wegging; ich hinterließ eine Nachricht und Geld für sie auf dem Tisch.

*

Dieser Leib ist eine braune Schlange, knochig und kantig in der Linienführung, keine Schönheit; noch immer bin ich von ihrer geheimnisvollen Mitte hypnotisiert. Sie ist da, an meiner Seite, unerreichbar. Ich glaube, sie hat sich gefürchtet, ich bin unschlüssig. Ihr Zittern kann vieles bedeuten, ich denke an den Wind, den schlimmsten Feind des Scharfschützen, unberechenbar. Jetzt ist sie so nahe. Meine Hand schließt sich um die Waffe, ich hätte sie gerne ganz fest gehalten, beim Schießen vergesse ich alles. Was geht in ihr vor? Ich will sie, man muss es zu Ende bringen, im Körper die Lust am Tod wiederfinden, den Funken für den Schuss. Eigentlich kann euch keiner jemals verstehen. Man erhält brav die Illusion aufrecht, die Lüge, aber alle wissen, dass die Wahrheit woanders liegt, in diesem klaffenden Hügel, in der Geschwindigkeit der Kugel und der

Lust. Der Einschlag, das reale Blut, ein paar Sekunden, in denen sich alles vermischt, Tod, Leben, darauf kommt es an. Ganz gleich, wie man es erreicht. Die meisten, die ich getötet habe, haben nur in den drei Sekunden gelebt, in denen ich sie ansah. Es sind Gespenster, Figuren, Masken, die überhaupt nicht sehen können. Ich hauche ihnen Leben ein, indem ich sie ansehe, ich mache sie lebendig, indem ich sie töte. Es ist ein Widerspruch, etwas, das ich selbst nicht ganz begreife. Aber ich werde es zu Ende bringen.

Diese Woche war so lang und anstrengend, dass ich nicht viel Zeit hatte, an Myrna zu denken. Anders als erwartet, kam es zu einem Versuch, unsere zentrale Frontstellung zu durchbrechen, und wir haben uns verteidigt wie die Teufel; sie starteten ein groß angelegtes Ablenkungsmanöver, um ihre Kämpfer in den Hügeln zu entlasten, und hofften darauf, dass wir gezwungen sein würden, zu unserer Unterstützung Truppen abzuziehen. Vergebliche Mühe, wir haben uns auch allein gut gehalten, unsere Abwehr war gut vorbereitet, aber wir mussten hart kämpfen. Der schlimmste Tag war der Donnerstag. Sie beschossen uns den ganzen Vormittag mit Granaten, und wir vermuteten schon, wir würden unser blaues Wunder erleben. Wir hatten fast keine Artillerie vor Ort, nur ein paar RPGs, deshalb warteten wir in aller Ruhe, bis sie kamen. Ich bezog meine übliche Schießscharte, die zu nah an ihren Linien lag, um einen Einschlag zu kassieren; ich deckte ein Maschinengewehr unter mir auf der gegenüberliegenden Straßenseite, das eine Gasse kontrollierte. Wir wussten, dass sie genau dort Stellung beziehen mussten, mitten zwischen den Häusern, und konnten nichts tun als warten. Der Kommandant schaute vorbei, sagte uns, wir sollten uns bereithalten, sie würden bestimmt keine Zeit verlieren. Normalerweise ist es ihr Plan, die ersten beiden Gebäude einzunehmen, denn wenn es ihnen gelingt, dort ein Maschinengewehr und einen Granatwerfer aufs Dach zu stellen, können sie ihre Truppen beim weiteren Vormarsch unterstützen, ihnen die Überquerung der Straße ermöglichen und so weiter. Da sie aber wussten, dass sie in der Überzahl waren, haben sie an diesem Tag versucht, uns an der Nase herumzuführen, indem sie gleichzeitig zwei Offensiven starteten, eine vom Meer her und eine im Osten. Ihr Plan war gut, und wir hatten Glück, dass wir nicht überrollt wurden. Als wir aus dem regelmäßigen Rattern unseres Maschinengewehrs, den Explosionen und den Feuergefechten schließen konnten, dass es in den zum Meer hin gelegenen Stadtgebieten zu Zusammenstößen kam, hagelte es noch immer Granaten. Ich warf einen Blick durchs Fernglas, doch außer Rauch war nichts zu sehen. Das Gefecht wurde immer heftiger, und wir fragten uns, ob wir nicht zur Unterstützung unserer Männer hineilen sollten, doch der Kommandant hatte uns befohlen, wir sollten uns vor allen Dingen nicht von der Stelle rühren.

Der Erste, den ich sah, kam entlang der Hauswände die Gasse herauf; er gab anderen, die ihm folgten, Zeichen. Sie arbeiteten sich von Haustür zu Haustür vor, es waren etwa zwanzig Mann. Genau in diesem Augenblick hörte ich von rechts, ein wenig hinter mir, Gewehrsalven und Granaten und dachte, wenn die Kumpel sie nicht aufhalten, fallen die uns noch in den Rücken. Ich legte an, und als er sich ein wenig von der Mauer entfernte, erschoss ich ihren Aufklärer mit einer Kugel mitten ins Gesicht. Unser Maschinengewehr auf der gegenüberliegenden Straßenseite schwieg noch immer, diese Schwachköpfe hatten nichts gesehen. Ich sandte ihnen eine Kugel in die Mauer direkt neben dem Posten, damit sie wach wurden. Als die Kugel einschlug, brach Panik bei ihnen aus, sie eröffneten sofort das Feuer, ohne abzuwarten, bis irgendetwas in Sicht kam. Eine gute Minute ballerten sie ins Leere, der Putz spritzte wie ein Feuerwerk – wirkungslos, aber die Position unseres Maschinengewehrs war verraten.

Ich hörte, dass die Kämpfe in meinem Rücken stärker wurden. Es dürften mindestens zwanzig Mann gewesen sein. Keine Ahnung, woher sie kamen. Ab und zu pfiff eine versprengte Kugel über mich hinweg, sie waren also in den oberen Stockwerken. Doch ich konnte das Dach nicht überqueren, um mich zu vergewissern, weil ich genug Probleme vor mir hatte, alles zu seiner Zeit. Die beiden Schwachköpfe verschleuderten weiter ihre ganze Munition an den Hauswänden. Ich fragte mich, wie lange die Gegenseite brauchen würde, um einen Granatwerfer am Ende der Gasse aufzustellen und unser Maschinengewehr samt den beiden Schwachköpfen aus dem Weg zu räumen. Eine Viertelstunde, wenn wir Glück hatten. In zehn Minuten musste ich also weg sein, sonst würde ich schlimmstenfalls eine Granate, bestenfalls eine Handgranate abbekommen. Hier war ich zu nichts mehr nütze, konnte höchstens vielleicht das Maschinengewehr retten, falls die beiden nicht gemerkt haben sollten, dass sie erledigt waren. Quasi auf allen vieren kroch ich über das Dach, um nachzusehen, was in der Straße hinter dem Haus los war. Unsere Leute waren offensichtlich in Schwierigkeiten. Sie verteidigten das große Gebäude in der Mitte des Platzes, das von zwei Seiten angegriffen wurde und sicher bald noch von einer dritten Seite, sobald die Abteilung vor uns unsere Absperrung durchbrochen hätte. Von meinem Dach aus hatte ich die Angreifer von der linken Seite im Blick. Ich legte an und holte einen von der Terrasse eines Hauses herunter, Bauchschuss, nicht schlecht, er fiel um und begann sich zu winden wie ein Wurm. Wir saßen fast in der Falle, dachte ich, es sei denn, ich würde meinen Posten auf dem Dach aufgeben und wir wagten uns ebenfalls auf die Gasse hinaus. Die große Straße zu überqueren und zu unseren Leuten zu gelangen war unmöglich, wir würden direkt ins Feuer laufen; nach Osten abzuhauen war kompletter Unsinn, es sei denn, man wollte den Kampf aufgeben (außerdem war das Brachland dort vermint), und zum Meer hin wurde ebenfalls gekämpft. Wir mussten den Rückzug also offensiv antreten, das Maschinengewehr auf die andere Seite bringen und versuchen, unsere Kameraden zu entlasten. Ich handele gerne schnell, wenn ich einen Entschluss gefasst habe, den ich für gut befinde. Ich räumte sofort das Dach und rannte zum Maschinengewehr, es war nur noch einer da, der es bediente, der zweite war von einem Splitter oder einem Betonstück am Kopf getroffen worden und lag am Boden.

»Los, komm«, sagte ich, »wir müssen uns beeilen, um die andere Seite zu entlasten.«

Ich half ihm, das Maschinengewehr zu tragen. Da wir nichts für ihn tun konnten, ließen wir den Verwundeten zurück und bezogen fünf oder sechs Stockwerke tiefer Stellung in einem Zimmer mit einem großen Loch von einer Granate, das uns freie Sicht auf die Gegenseite und die Typen auf den Dächern gewährte. Sie dachten bestimmt, ihre Kumpel hätten unser Gebäude schon eingenommen, denn sie schienen von unserer Seite nichts zu befürchten. Wir bauten das Maschinengewehr auf und begannen, die Dächer zu beharken, um sie in Deckung zu zwingen. Bei dieser Gelegenheit schossen wir zwei vom Dach und nagelten sie mit der 12,7 mm auf den Beton. Pech, dass wir nicht länger bleiben konnten, denn unser Haus würde sicher bald eingenommen werden, wir saßen richtig in der Patsche. Sie fragten sich wahrscheinlich, wie viele

Verteidiger wir waren. Ich begann zu schwitzen, war halb taub wegen des Maschinengewehrs, dann hörten wir eine große Explosion über uns – der Mörser der Jungs gegenüber oder ein RPG-Granatwerfer – und der Putz spritzte uns um die Ohren. Höchste Zeit abzuhauen, doch schnell waren wir mit dem Maschinengewehr nicht. Wir nahmen eine Nebentreppe und rannten hinunter. Der Grünschnabel, den ich mitschleppte, war ein Reservist, es war sein erster Kampf, er zitterte und stolperte die ganze Zeit. »Was machen wir jetzt, was machen wir jetzt bloß?«, fragte er ständig, und ich konnte ihm nicht antworten, dass ich es verdammt nochmal nicht wusste, denn sonst wäre er in noch größere Panik geraten. Ich hätte viel dafür gegeben, wenn in diesem Augenblick Zak an meiner Seite gewesen wäre, er war mit seinem Trupp irgendwo hinter uns. Ich nutzte den Abstieg in der Dunkelheit des Treppenhauses zum Nachdenken, während ich tief atmete; ich hatte ein Pfeifen im Ohr und Schweiß vor den Augen und dachte, dass ich es den Schweinehunden von gegenüber heimzahlen würde. Als wir im vierten oder dritten Stock ankamen, wurden wir langsamer, um zu lauschen. Es war nichts zu hören, kein Mörser, kein Maschinengewehr, nichts, und das war noch beunruhigender, denn vielleicht warteten sie direkt hinter der nächsten Tür. Vorsichtig stiegen wir weiter hinunter, bis wir im Keller beim Heizraum ankamen. Ich blieb einen Moment stehen, um nachzudenken. Ich versteckte das Maschinengewehr mit der Munition hinter einem Heizungsrohr, ein gutes Versteck. Um nach draußen zu gelangen, musste man durch die Tiefgarage, die Ausfahrt befand sich an der Seitenwand, vielleicht war dort niemand. Wir gingen hinein, es war dunkel und stank entsetzlich, irgendwo lagen wahrscheinlich Leichen. Ich hörte, wie der Grünschnabel sich übergab, wir mussten quer durchgehen bis zum Tor. Ich stieß ihn vor mir her. Los, weiter. Er schniefte wie ein Baby. In der Dunkelheit stießen wir gegen verlassene Autos und unsichtbare Hindernisse, weich und ekelhaft. Das sind Müllsäcke, log ich, um den Grünschnabel aufzumuntern. Orientierung war gefragt, zum Glück wusste ich, wo der Ausgang liegen musste. Unter unseren Füßen stieg der Boden an, wir folgten der Rampe, weiterhin im Dunkeln. Am Tor, das von Granatsplittern durchlöchert war, fiel etwas Licht herein. Von weitem hörte man Kampflärm, es musste schrecklich zugehen. Doch hinter dem Tor war nichts. Rechts davon, hinter einer Art Abstellraum, gab es einen Ausgang für Fußgänger, der abgeschlossen war. Der Grünschnabel verlor die Geduld, er feuerte auf das Schloss, ein paar Kugeln wurden von der Wand abgelenkt und eine traf ihn ins Bein. Dieser kleine Arsch, der uns jetzt vielleicht verraten hatte, ging mir furchtbar auf den Keks; tränenüberströmt, die Uniform vollgekotzt, lag er am Boden, sah mich an, die Hand auf der Wade, die Blut pisste, und begriff nicht, was ihm zugestoßen war. In meinen Ohren pfiff es wieder wegen seines Herumballerns, ich hob mein Gewehr ein wenig an, damit es auf sein Gesicht zeigte, und drückte ab, ohne ihn noch einmal anzusehen. Der Schuss hallte lange nach. Ich wartete ein paar Sekunden, bevor ich einen Blick hinaus warf. Es war die Querstraße. Niemand zu sehen. Ich war fix und fertig, ausgelaugt. Ich fragte mich, was Zak in dieser Situation gemacht hätte. Wenn ich es links versuchte, würde ich gradewegs in sie hineinlaufen, rechts ebenso. Gegenüber gab es eine Haustür, und da Dächer nun mal mein Ding waren, beschloss ich, mich dort oben in der Höhe ein wenig auszuruhen und mir eine Taktik zu überlegen, um aus dieser Falle heil herauszukommen. Mit zwei großen Sätzen war ich auf der anderen Straßenseite und im Haus.

Die Treppe war zusammengebrochen, weil ein Teil des Dachs eingestürzt war, aber es gelang mir, die vier Stockwerke bis zu einer Terrasse hochzuklettern. Sie hatte ein großes Loch in der Mitte und war voll von Trümmern. Ich kroch Richtung Dachkante. Es begann zu tröpfeln, der Himmel war bedeckt und der Regen wohltuend. Mein Herz schlug wieder normal, aber ich bedauerte, dass ich mich in der Wut hatte gehen lassen und einen Kameraden getötet hatte. Doch wie hätte er sich mit seiner Kugel in der Wade überhaupt helfen können? Wenn die anderen ihn gefunden hätten, wäre es sein sicherer Tod oder noch Schlimmeres gewesen. Hier oben unter dem großen, grauen Wolkenschleier, im Wind, beruhigte ich mich wieder. Drei Minuten lag ich ausgestreckt auf dem Rücken und schöpfte Atem. Dann kroch ich weiter bis an die Dachkante. Zwei Häuserreihen trennten mich noch von unserer Stellung im anderen Gebäude, aber ich sah es nicht – dem Lärm nach zu schließen, hielten die Kameraden es noch immer. Allzu lange konnte ich hier nicht bleiben, denn von den Fenstern des Hauses, aus dem ich gekommen war, konnte man mich sehen. Zu meinem Bedauern musste ich zurück in Deckung. Meine Ohren brummten nicht mehr und ich konnte die Schüsse und den Kampflärm deutlich unterscheiden. Ich war wieder im Vollbesitz meiner Kräfte, aber was konnte ich tun? Ich beschloss nachzusehen, ob dieses Haus auf der Rückseite auf einen Garten hinausging, um mich gegebenenfalls von dort durch das angrenzende Haus bis zur Straße vorzuarbeiten. Dann könnte ich versuchen, nach rechts weiterzukommen und diesen Schweinehunden in den Rücken zu fallen. Bis der Abend anbrach, überwand ich also eingestürzte Gartenmauern, erkundete vorsichtig zerbombte Häuser. Ich musste fast hundert Meter weit gekommen sein und befand mich nun auf der Höhe der zweiten Querstraße, weit genug von laufenden Kampfhandlungen entfernt, wie mir schien. Ich hatte keine Menschenseele gesehen, nur aus größerer Distanz die Schüsse zu meiner Rechten gehört. Und einige Explosionen. Unten am Meer hielten die Kämpfe noch immer an. Aus dem Lärm schloss ich, dass meine Leute ein wenig zurückgewichen waren – alles schien weiter weg zu sein, vielleicht einfach, weil ich mich entfernt hatte. Jetzt müsste ich mehr oder weniger in unserem Sektor sein, dachte ich, oder direkt auf der Grenze, gut hundert Meter oberhalb ihres Brückenkopfs. Ich kletterte auf das Dach eines ausgebombten mehrstöckigen Hauses, das wie durch ein Wunder noch stand. Tatsächlich hatten meine Kameraden am Meer an Boden verloren. Hier dagegen war es den anderen noch immer nicht gelungen, die Straße zu überqueren, die unter der Kontrolle unserer Häuserzeile stand. Ich sah lange durchs Fernglas.

Inzwischen war es ganz dunkel und ich konnte versuchen, zu meinen Kameraden zu gelangen, um einen von ihnen abzulösen. Sie waren bestimmt erschöpft. Normalerweise dauerten die Gefechte nicht so lange, es war das erste Mal, dass sie einen Angriff dieser Größenordnung unternahmen. Man hörte, wie die Panzer die Stadt auf der anderen Seite beschossen. Es war ein völliges Durcheinander an diesem Abend, das totale Chaos. Später erzählten mir meine Kameraden, welches Ausmaß die Panik angenommen hatte. An mehreren Frontabschnitten habe sich dasselbe ereignet: Plötzlich seien die Kämpfer eingeschlossen und vom Rückzug abgeschnitten gewesen; siegreiche Vorstöße seien schlagartig in einer Falle gelandet und zunichtegemacht oder von Bomben zerschlagen worden. Jetzt war es stockfinster, der Himmel verhangen, und man sah überall Leuchtspurmunition fliegen und Explosionen aufflammen. Im Niemandsland zu sein wie ich war noch gefährlicher, weil man nicht wusste, wohin man die Füße setzen sollte; man konnte jederzeit in einen Hinterhalt geraten, vor allem aber wusste man nicht mehr, wohin man gehen sollte. Nach meiner Einschätzung war ich in unserem Sektor, zumindest in unserem Sektor vom Vortag, doch nachts sieht eine zerstörte und aufgewühlte Straße aus wie die andere, und die Leuchtspurmunition, die den schwarzen Himmel schärfer zerteilte als das Rattern der Maschinengewehre, zeigte deutlich, dass unmittelbar vor mir, keine hundert Meter entfernt, gekämpft wurde. Ich war kaputt und bekam tierischen Hunger, seit dem Morgen hatte ich nichts gegessen. Gleichwohl setzte ich alles auf eine Karte und hoffte, dass ich mich nicht verspekuliert hatte und unser Vorposten genau hinter dieser Kampflinie lag. Langsam arbeitete ich mich entlang der Hauswände bis zum Ende der Straße vor, das Feuer aus den Maschinengewehren, das ich ab und zu sah, schien ganz nah, aber nachts kann man sich nicht auf seine Einschätzung verlassen, das hatte mich die Erfahrung gelehrt – man glaubt, alle Augen richten sich auf einen, und verliert das Gefühl für Entfernungen. Ich dachte daran, wie mein Haus jetzt wohl aussehen mochte, und an meine Wohnung, wo Myrna auf mich wartete. Doch solche Gedanken darf man sich im Gefecht nicht erlauben, weil sie einen romantisch machen und zu Dummheiten verleiten. Ich drückte mich weiter an den Hauswänden entlang. Der Gefechtslärm war ganz nahe, etwas rechts von mir, bestimmt nur eine Straße weiter vorn. Man wundert sich immer, wie leergefegt alles ist. Dass man in der einen Straße überhaupt keine Kämpfer antrifft, während nebenan die Hölle los ist. Ich wusste, dass im Dunkeln die Wahrscheinlichkeit groß war, von einem der Unseren niedergestreckt zu werden, dass ich vielleicht nicht einmal dazu käme, unsere Parole zu rufen, doch gab es eine andere Möglichkeit? Ich war zu erschöpft, um einen klaren Gedanken zu fassen, und bestimmt hätte ich besser daran getan, brav versteckt auf einem Dach das Morgengrauen abzuwarten. Ich erinnere mich, dass mich der Kerl genau in dem Moment schnappte, als ich dachte, ich sei dabei, eine Dummheit zu begehen. Ein Arm kam aus einer Tür, schlang sich um meinen Hals und zog mich energisch und zugleich behutsam ins Haus, als wollte mich jemand am Weitergehen hindern: ein Freund oder jemand, der meinte, einer zu sein, ein Feind also, denn da ich von seiner Seite kam und er mich für einen Verbündeten hielt, konnte es sich um keinen der Unseren handeln. In dieser Situation zeigte sich, dass ich ein echter Kämpfer war, denn ich begriff trotz meiner Überraschung und des Schrecks, hinterrücks am Hals gepackt zu werden, dass der Typ sich geirrt hatte, mich für einen Verbündeten hielt und ich nur einen Wimpernschlag Zeit hatte zu reagieren. Dennoch war ich so überrumpelt, dass ich mein Gewehr fallen ließ. Mit meinem ganzen Gewicht stemmte ich meine Schulter gegen ihn, bis wir, einer gegen den anderen gepresst, im Haus umstürzten und im Dunkeln auf dem Rücken landeten. Er hatte seinen Arm um meinen Hals geschlungen, schnürte mir die Luft ab, aber ich lag auf ihm, griff nach dem Messer an meinem Schenkel und rammte es auf der Höhe der Rippen in seine Seite, allerdings nicht stark genug, denn er bog mich ganz nach hinten. Er brüllte und wehrte sich, ich spürte den Revolver, den er am Gürtel trug, an den er gelangen wollte. Er hielt mich im Würgegriff, ich versuchte mit aller Kraft, das Messer tiefer in ihn zu stoßen, doch es drang nicht weiter ein, er schrie wie am Spieß in mein Ohr, sein warmes Blut rann über meine Hand, das Messer wurde glitschig. Ich versuchte, seine linke Hand festzuhalten, damit er den Revolver nicht ziehen konnte, er wehrte sich, wusste nicht, wie er dem Messer entkommen, an seine Waffe gelangen konnte, heulend und schnaufend wand er sich unter mir, und auch ich schrie, um mir Mut zu machen, aber aus meiner Kehle kam kein Laut, und plötzlich drang das Messer bis zum Heft in sein Fleisch, er heulte auf und sein Griff lockerte sich ein wenig. Immer und immer wieder rührte ich mit dem Messer, bis seine Schreie aufhörten. Als ich aufstand, war ich voller Blut und Urin, ob von mir oder von ihm, weiß ich nicht, es war so widerwärtig, ich war mit einem Mal so erschöpft, dass ich es kaum schaffte, mich im Dunkeln die Treppe hochzuschleppen, keine Ahnung, wie ich es anstellte, und dann kauerte ich mich in einen Winkel des eingestürzten Dachstuhls und fiel in einen todesähnlichen Schlaf. Ich erinnere mich nur, dass ich, einige Sekunden bevor ich in den Schlaf fiel, die Leuchtspuren beobachtete, die die Nacht zerrissen.

*

Wenn ich es mir überlege, ist es eine andere Form von Geburt. Der Schlaf und das Unbewusste, der wirre Strudel der Bilder, langsam verblasst die Außenwelt – trotz der Gefahr fühlt man sich in Sicherheit, die Gewalt endet, die Welle rauscht davon. Die Geräusche rücken in die Ferne, werden gedämpft; man verkriecht sich in den sicheren Panzer des Traums oder des Todes, was dasselbe ist, der Schmerz zieht sich zurück und lässt einen allein mit den Erinnerungen, den Bildern, in diesen Momenten beim Einschlafen, wenn das Dasein mit einem Mal loslässt und sich entspannt, habe ich, glaube ich, den Tod gesehen. Ich habe Kämpfer beobachtet, die schlafend an einer Hauswand lehnten, während Bomben fielen, andere lagen gleich nach dem Angriff auf dem nackten Boden, dabei war die Gefahr noch nicht gebannt: Hauptsache schlafen, und sei es nur für fünf Minuten, endlich allein sein mit sich selbst. Sicher dachte ich an dich, jetzt, da ich dir beim Schlafen zusehe, hast auch du etwas von einem Tier, ich sehe es an deinen Augen, ich sehe sie hinter den Lidern, mir entgeht nichts. Du bist da und bist nicht da; wie mitten im Gefecht, wo man instinktiv, unbewusst handelt, ein Fremder im eigenen Körper. Man ist dann schon im Halbschlaf. Man rennt schneller als je zuvor, man brüllt, man heult, beim Angriff ist man wie ein Tier, kann den Kopf nicht einschalten; man läuft im Kugelhagel eines Maschinengewehrs über eine Straße, man steigt in ein düsteres Kellergewölbe hinab, alles Momente, die zu Träumen, zu Bildern werden, als hätte man sie mir gestohlen. Das Fleisch gibt plötzlich nach, damit die Klinge zwischen zwei Rippen eindringen kann, und dieser Moment ist der Sieg über denjenigen, der an mir hängt und atmet. Keiner von uns hat einen Gedanken, keiner ist da, in Wirklichkeit sind wir nur panisch, getrieben von einem seltsamen, brutalen Mut, niemand greift an, jeder verteidigt sich, was wir unbedingt wollen, nach was wir uns im tiefsten Inneren sehnen, ist diese magische Ruhe des Vergessens und des Schlafs.

Als ich zwei oder drei Stunden später wieder zu mir kam, wusste ich nicht mehr, wo ich war. Mein Kampfanzug war steif von verklebtem Blut, mein Hals und meine Kehle schmerzten, ich hatte steife Beine, denn ich hatte halb im Sitzen geschlafen. Ich fragte mich, ob ich nicht vielleicht ohnmächtig geworden war, statt eingeschlafen zu sein. Ich zitterte, hatte keine Kraft. Ich betrachtete den Himmel, man sah keine Feuerstreifen mehr, nur in großer Ferne hörte man noch vereinzelte Feuergefechte und die Einschläge eines Bombardements. Ich sah auf meine Uhr, aber sie war kaputt gegangen, vermutlich beim Klettern über eine Mauer oder einem Sturz. Sogar mein Gewehr fehlte, es musste unten sein. Ich ging die Treppe hinunter, von der nicht mehr viel übrig war und die sicher nach und nach einstürzen würde; sie lag völlig im Dunkeln, wie war es mir nur gelungen, sie so schnell hochzusteigen? Unten zündete ich kurz mein Feuerzeug an, um mein Gewehr zu suchen, ich betrachtete den Typen in der schwarzen Pfütze, die an den Schuhen pappte, seine Augen standen weit offen. Ich hatte ihn zuvor nie gesehen. Mein Gewehr war total klebrig, es zog mir den Magen zusammen, als müsste ich mich übergeben, zum Glück hatte ich nichts gegessen. Die Tür war geschlossen, ich weiß nicht, ob sie zugefallen oder jemand hereingekommen war, während ich schlief, ich hatte nicht einmal erwogen, dass der Typ möglicherweise Verstärkung dabeihatte. Ich öffnete sie, um Luft zu schnappen, etwas Licht fiel herein. Halb verstört schlüpfte ich hinaus und ging, ohne weiter nachzudenken, direkt auf unsere Linien zu

Ich hatte Glück, dass niemand auf mich schoss, und als ich vor unserer Verteidigungslinie angekommen war, gab ich das Signal mit dem Feuerzeug, überquerte schnell die breite Straße und bog in unsere Gasse ein, immer mit dem brennenden Feuerzeug in der Hand, damit jeder sehen konnte, dass es sich nicht um einen Versuch handelte, mich einzuschleusen; mein Pech, wenn sie von vorn auf mich schießen würden. Ich folgte genau dem labyrinthischen Weg, mit dem man Minen und Stacheldraht ausweichen konnte, begegnete niemandem. Bei unserem ersten Posten kam sofort ein Kamerad zu mir, er stellte keine Fragen, sagte nichts, so schrecklich muss ich ausgesehen haben; er ließ mich auf einem Stuhl in der Ecke sitzen, ich konnte nicht sprechen. Zwei Minuten später kam ein Jeep, um mich abzuholen, und brachte mich zu unserem Hauptquartier. Ich schlüpfte aus den Kleidern und sank auf ein Feldbett, ohne noch irgendetwas zu denken, ohne mit jemandem zu sprechen.

Gegen Mittag erwachte ich, die strahlende Sonne schien zum Fenster herein. Ich war allein im Ruheraum, die Kameraden waren bereits wieder in den Kampf aufgebrochen – man hörte wieder das Getöse von Granatwerfern und Maschinengewehren. Ich duschte, meine Hände waren schwarz vom Blut, ich warf meinen Kampfanzug weg und schlüpfte in einen anderen, der dort herumlag, reinigte mein Gewehr. Mein Fernglas war kaputt, auch meine Uhr warf ich weg. Ich ging gut frühstücken in einem Café gegenüber dem Posten; vor dem Haus machten sich Kameraden in einem mit Granatwerfern und Panzerfäusten geladenen Jeep zur Abfahrt bereit. Von der Sonne beschienen trank ich langsam meinen Kaffee und aß drei Sandwiches; ich dachte einen Moment an Myrna, an ihren nackten Körper, ich fragte mich, ob sie wohl auf meine Rückkehr wartete.

Und dann bin ich wieder in den Kampf gezogen, so ging es drei Tage lang, bis ich leicht verletzt wurde, am Oberarm. Eine idiotische Verletzung, ein Splitter von einer Granate, die weit weg von mir explodierte, ein Querschläger, Pech gehabt! Ich marschierte selbst zur Krankenstation, doch dort schickte man mich ins Krankenhaus, damit das Metallstück entfernt wurde. Da sich alles beruhigt hatte, forderte man mich nach der Versorgung der Wunde auf, nach Hause zu gehen: Ich schämte mich ein wenig für den Verband am Arm, der mich behinderte, aber ich war froh, nach Hause zu kommen und mich ausruhen zu können. Nach der Anspannung in diesen Tagen war ich psychisch und physisch geschwächt, dünnhäutig, ich hatte einen Fünf-Tage-Bart und Augenringe, dennoch war ich tief im Innern froh, diese Schlacht gewonnen zu haben, und ziemlich stolz auf meinen Ruf als Kämpfer. Der Kommandeur hatte mich beglückwünscht, weil wir das Maschinengewehr zurückholen konnten, das ich versteckt hatte. Die Gerüchteküche kochte, man erzählte, ich sei Gefangener gewesen und hätte mich befreien können, indem ich meine Bewacher mit bloßen Händen getötet hätte, ich sei gefoltert worden und so weiter, na ja, Geschichten ohne Hand und Fuß.

Als Zak mich mit dem Jeep vor dem Lebensmittelgeschäft absetzte und sagte, er würde mich mal besuchen kommen, wusste bereits jeder, dass ich verwundet worden war. Der Lebensmittelhändler kam aus seinem Laden und beglückwünschte mich. Langsam begriffen die Leute, dass wir Kämpfer sie schützten. Sie wussten, was Zivilisten bevorstand, wenn ein Viertel dem Feind in die Hände fiel.

Ich ging die Treppen hinauf und betrat die Wohnung. Myrna saß lesend auf dem Balkon, sie sprang auf, das Buch fiel ihr aus der Hand. Sie lächelte und musterte mich kopfschüttelnd von oben bis unten, als wollte sie sagen, wie übel ich zugerichtet sei.

»Es ist nicht schlimm, ich muss nur eine Woche den Verband am Arm tragen.«

Mehr fiel mir nicht ein, und sie hatte mir auch nicht mehr zu sagen.

»Ist alles gut gegangen?«

»Ja, deiner Mutter geht es besser, sie isst regelmäßig. Es gab viele Bombenangriffe, wir sind fast nicht rausgegangen, nur ein oder zwei Mal. Wir haben angefangen, uns Sorgen zu machen, weil wir nichts von dir gehört haben. Dass du verletzt wurdest, hat uns die Nachbarin gesagt.«

»Und hast du dich jetzt entschlossen und nimmst die Arbeit an?«

»Ja, kein Problem. Aber ich würde gerne wissen, ob ich einen freien Tag habe.«

Ich fragte mich zwar, wozu, vermutete aber, dass das üblich war.

»Selbstverständlich. Sind wir uns einig? Du siehst ja, ich werde nicht oft da sein und dich stören.«

»Einverstanden.«

Sie sah glücklich aus.

»Musst du jemandem Bescheid sagen, wenn du hier einziehst?«

Ich stellte die Frage pro forma, ich wusste vom Lebensmittelhändler, dass sie ihre Familie verloren hatte.

»Ja, ich muss es meiner Tante sagen. Ich wohne bei ihr.«

»Gut, du kannst gleich zu ihr gehen, wenn du willst. Sie weiß doch sicher schon, dass du hier bist?«

»Ja, ja, sie ist sogar gestern vorbeigekommen, um das Haus zu sehen.«

Ich hatte nichts mehr hinzuzufügen. Sie ging einkaufen und wollte anschließend noch bei ihrer Tante weitere Sachen abholen. Ich setzte mich auf dem Balkon in einen Sessel, den ich mit der linken Hand nach draußen gezogen hatte. Es war ein seltsames Gefühl, dass ich meinen rechten Arm nicht benutzen konnte. Er war ganz schwach, ich hätte Mühe gehabt, auch nur eine Erdnuss einen Meter weit zu werfen. Der Arzt meinte, das sei normal, in zwei oder drei Wochen würde ich nichts mehr davon merken. Nach dem Röntgen im Krankenhaus lag ich neben einem mit Granatsplittern gespickten Zivilisten, ein großer blutiger Haufen auf einer Trage, wie eine überfahrene Kröte. Seinem Atem entstiegen violette Blasen, wahrscheinlich hatte er Löcher in der Lunge. Ich saß neben ihm, betrachtete ihn und fragte mich, ob er noch etwas spürte. Vermutlich nicht. Das Rote Kreuz brachte am laufenden Band Typen, die mehr tot als lebendig waren, völlig zerfetzt auf Tragen lagen, von denen verdrehte Gliedmaßen und Infusionsschläuche herabbaumelten. Kameraden mussten darauf drängen, dass ich behandelt wurde, sonst hätten sie sich zuerst um all diese Toten gekümmert. Da die Chirurgen zwischen weinenden Angehörigen, heulenden Rettungswagen, Granaten, die in unmittelbarer Nähe einschlugen, alle Hände voll zu tun hatten, an diesen Leuten herumzuschnippeln, hat mir eine Krankenschwester den Granatsplitter entfernt. Sie warf einen Blick aufs Röntgenbild, gab mir eine Spritze, und ich sah zu, wie sie meinen Bizeps aufschnitt, während Zak groß herumulkte und dabei Alkohol über die Wunde goss. Es war seltsam zu sehen, wie das Skalpell langsam in meinen Arm schnitt, in das Fleisch eindrang und wieder herauskam, das Gewebe auseinanderklaffte, es blutete schrecklich. Ich weiß nicht, wie sie den Splitter sehen konnte, doch ein Griff mit der Pinzette beförderte ein winziges schwarzes Metallstück hervor, flach, länglich, kaum einen Quadratzentimeter groß. Auf ihr Zeichen goss Zak langsam die halbe Flasche Alkohol über die Wunde. Ich spürte nichts mehr, nur eine Art Kühlung. Der Arzt kam aus dem OP, man hätte meinen können, er habe gerade ein Lamm zerlegt. Er sah die Krankenschwester und Zak an, der noch immer desinfizierte. Er habe jetzt genug Alkohol verschüttet, sagte er lachend zu Zak, als er die Wunde angesehen hatte. Und nach einem Blick auf das Röntgenbild fügte er hinzu, dass die Wunde nach ungefähr einer Woche verheilt sein würde und man dann die Fäden ziehen müsse. Mit einem »Der Nächste!« und immer noch lachend ging er hinaus. Danach nähte die Krankenschwester meinen Arm wie eine löchrige Socke mit Nadel und Faden wieder zu. Sie erklärte mir, wie ich den Verband wechseln und die Verletzung sauber halten musste, damit sie sich nicht entzündete. Sie solle sich keine Sorgen machen, erwiderte Zak, wir fänden immer etwas, das man draufgießen könne.

Jetzt saß ich gemütlich auf dem Balkon und betrachtete die Straße und die Dächer. Hinter mir machte sich meine Mutter mit irgendetwas zu schaffen. Sie hatte offensichtlich gar nicht begriffen, dass ihr Sohn tagelang im Kampf gewesen und verwundet war. Was mich ein wenig frustrierte, denn alle Kameraden hatten eine Mutter oder eine Schwester, die ängstlich auf sie wartete, die sich um sie kümmerte, sobald sie zurückkehrten, während meine dahinvegetierte und nur sinnloses Zeug redete. Manchmal weinte sie, doch niemand hätte sagen können, warum.

Ich war mehr ein Heckenschütze vom Dach, mehr ein Sniper als ein Soldat, der im Feld steht: Am liebsten wäre mir gewesen, die Front hätte sich wieder beruhigt und ich hätte wieder zu meiner normalen Beschäftigung zurückkehren können, mit der man den Feind und seine Zivilisten genauso gut demoralisieren konnte. Sicher würde es heute oder morgen einen Waffenstillstand geben, aber ich war ohnehin nicht im Stande zu schießen. Vielleicht würde ich mit Myrna und meiner Mutter spazieren gehen, wenn das Wetter so gut blieb wie heute.

Ich sah, wie Myrna die Straße runterging und beim Lebensmittelladen stehen blieb. Sie trug einen langen Rock und eine weiße Bluse, von der sich ihre sehr dunklen Arme und ihr schwarzes Haar abhoben. Der Lebensmittelhändler lächelte sie an. Sie kaufte etwas Gemüse und Konserven. Ein Tag Ruhe und Sonnenschein genügen, damit man vergisst, dass Krieg ist. Langsam döste ich im Sessel ein.

Der Hunger weckte mich. Myrna hatte ein Hühnchen gekocht, es war das erste richtig warme Essen, das ich seit einer Woche bekam, und ich verschlang es in zwei Minuten. Sie lachte darüber.

»Man sieht, dass du nicht schwer verwundet bist, du hast vielleicht einen Appetit!«

»An der Front gab es nur Sandwiches und kalte Konserven«, sagte ich.

Sie sah fröhlich aus. Sie spülte, machte die Küche sauber und begann dann zu lesen.

»Was liest du?«, fragte ich.

»Einen Roman für die Schule.«

»Was für einen Roman?«

»Von einem Franzosen, Hugo. Die Geschichte eines zum Tode Verurteilten.«

Ich dachte, was für komisches Zeug man einem jungen Mädchen zu lesen aufgab, aber ich sagte nichts.

»Ach so, du gehst zur Schule?«, fragte ich.

»Dieses Jahr nicht, aber nächstes Jahr würde ich gerne wieder hingehen.«

Ich hatte nie besonders gerne gelesen, abgesehen von russischen Romanen. Die verschlang ich dutzendweise, alle, die mir in die Hände fielen, Tolstoi, Leskow, Tschechow, Gogol, Dostojewski, hintereinander weg. Mein liebstes Buch war *Taras Bulba*. Vielleicht könnte ich es Myrna zu lesen geben, dachte ich.

»Wie alt bist du?«

»Fünfzehn.«

Sie schien sich ein wenig zu schämen dafür, als wäre es nicht alt genug, als wünschte sie sich, älter zu sein. Sie sah mich mit seltsamen Augen an, ich wusste nicht, was das bedeuten sollte.

»Vielleicht kannst du nächstes Jahr in die Schule zurückkehren«, sagte ich. »Der Krieg wird dann beendet sein und alles wird einfacher.«

Sie lächelte, blickte ein wenig ungläubig und zugleich hoffnungsvoll.

»Ja, genau, dann wird alles einfacher sein.«

Ich bin nicht sehr gesprächig, und mit Mädchen noch weniger, denn man weiß nie, worüber man mit ihnen reden soll. Ich kehrte auf den Balkon zurück, damit sie weiterlesen konnte, und döste wieder ein; es war heiß. Ich hatte einen erotischen Traum, erwachte mit einer Erektion. Ich schämte mich, sie war ja erst fünfzehn Jahre alt, es war nicht richtig, auch wenn sie den Körper einer Frau hatte. Sicher lag es am Krieg und der ständigen Anspannung an der Front, dass jetzt auch ich überschnappte. Ich hätte mich am liebsten friedlich auf ein Dach gesetzt, stundenlang durch das Zielfernrohr die Stadt beobachtet und das ruhige Meer genossen, wo es nichts zu sehen gab, nur das abstrakte Spiel der kleinen Wellen und der Gischt. Ich wusste nicht, was ich anfangen sollte, und begann mich zu langweilen. Ich dachte, ich könnte auch lesen, aber ich war zu faul dazu, deshalb holte ich den Fernseher nach draußen. Ich sah mir einen Film an, aber ich weiß nicht, wovon er handelte, weil ich in der Mitte eingeschlafen bin.

Ich träumte von dem Kerl und dem Messer. Wir kämpften, aber dieses Mal lag ich unter ihm und er hatte das Messer, er stieß es mir in den Arm. Es schmerzte sehr, ich schrie, und sein Gesicht verwandelte sich in das von Myrna. Lächelnd trieb sie das Messer in meinen Arm und ich konnte mich nicht mehr dagegen wehren, ich sah sie an und hatte Angst. Vom Schmerz wachte ich auf, ich hatte mich im Schlaf mit der Wunde angelehnt. Mein T-Shirt hatte kleine Blutflecken. Die Wunde war eben noch nicht verheilt. Ich sah den Film zu Ende und es wurde dunkel.

Ich bin früh schlafen gegangen, doch mitten in der Nacht wurde ich wach, weil meine Mutter schrie wie am Spieß. Es war ein Schrei wie von einem Tier, der einen zu Eis erstarren ließ, fremdartig, unwirklich. Ich stand sofort auf, um nach ihr zu sehen, doch sie schien noch immer zu schlafen, lag zusammengekauert unter ihrer Bettdecke. Sie atmete ruhig. Myrna war ebenfalls aufgewacht, als sie herbeikam, stand sie im Nachthemd vor mir.

»Sie hatte einen Albtraum«, sagte sie, »das hat sie oft.«

»Sie ist wieder eingeschlafen, geh wieder ins Bett.«

Mein Arm schmerzte ein wenig, als hätte ich Muskelkater. Ich kehrte auf den Balkon zurück, ich war überhaupt nicht mehr müde. Ich verbrachte einen großen Teil der Nacht draußen und kämpfte gegen den Wunsch an, einen Blick in Myrnas Zimmer zu werfen, um nachzusehen, ob sie schlief. Der Wind roch nach Meer, als läge es direkt vor mir, als wäre es mit einer nächtlichen Flutwelle direkt bis zu mir getragen worden. Ich dachte an Zak, es war ein Abend wie dieser, die Luft war vom Duft des sommerlichen Meeres erfüllt gewesen wie nie zuvor. Wir hatten zusammen beim Leuchtturm zu Abend gegessen und wie Oberschüler zu viel getrunken. Es war warm, wir beschlossen ein Mitternachtsbad zu nehmen, ich erinnere mich nicht mehr daran, wer den Einfall hatte, ob Zak oder ich. Der Krieg hatte gerade angefangen, die Berge vor uns leuchteten von den Bombardements, wir zogen uns vollständig aus, Zak hatte ein Tattoo, das nachts kaum zu erkennen war, vielleicht einen Drachen. Wir gingen ins Wasser, im ersten Augenblick kam es uns kalt vor, denn wir waren verschwitzt. Fünf Minuten später fühlte es sich an, als würden wir in einer riesigen, dunklen Badewanne schwimmen, nur unsere Körper, ein Arm, der Oberkörper tauchten aus der schwarzen und vollkommen ruhigen Wassermasse auf. Wir fingen an zu kämpfen, uns gegenseitig mit Wasser zu bespritzen – wir waren betrunken, spielten wie Kinder. Zak war stärker als ich, er tauchte mich unter, wie es ihm passte, dann hängte er sich an meine Schultern, und plötzlich war alles Gewaltsame verschwunden, er war sanft und zärtlich. Das Meer hallte vom Grollen der Geschosse, es warf ein regelmäßiges Donnern zurück, die Explosionen und die wenigen Lichter entlang der Bucht spiegelten sich in der Dunkelheit auf dem Wasser. Wir sagten nichts, ich spürte nur seinen Atem an meinem Hals; es war eine neue, angenehme Zärtlichkeit, tausendfach verstärkt durch den Kriegslärm, der uns noch immer erreichte, wir mussten stumm bleiben, das geringste Wort hätte alles zerstört. Er strich mit der Hand durch mein nasses Haar, der Berg vor uns entflammte, ich spürte, wie der Sand unter meinen Zehenspitzen wegrutschte. Und dann drückte er, als ob nichts wäre, meinen Kopf unter Wasser, lange, ich bekam vor Wonne keine Luft mehr; wir begannen wieder miteinander zu kämpfen, fast zärtlich, schließlich kamen wir aus dem Wasser und legten uns im Dunkeln auf eine Felsplatte, die im Schatten der Felswand lag, so dass wir nicht zu sehen waren. Es herrschte diese gewaltige Stille, die stets auf die Explosionen folgt: Das ferne Bombardement war verstummt, alles war verschwunden, die Sterne, der Mond, alles.

*

Sie ist da, nur ein paar Schritte liegen jetzt zwischen uns und es ist noch wie auf dem Balkon, ihr Atem ist nicht lauter, als er es vorhin hinter den Fensterläden war. Ich bekomme das Meer nicht aus dem Kopf, denke an Zaks Hände, an Myrnas Hände. Ich bedaure nichts. Nur Feiglinge bedauern, es ist eine Art retrospektive Angst, was getan ist, ist getan. Manchmal möchte man jemanden drücken und festhalten, manchmal öffnet man seine Arme, manchmal (im Schutz der Nacht oder wenn die sommerliche Erschlaffung einen betäubt oder sich ein verborgener Spalt am Himmel auftut) ist man wirklich bei sich. Ab und zu, wenn einen die Ruhe an einem Felsstrand blendet, ist man auch am hellen Tag bei sich, und selbst wenn ich mich vor dir schäme, ich kann nicht anders als dabei an Zak denken, mich an den herrlichen Barbaren im Mondschein erinnern und den seltsamen Todespakt, den wir im Wasser geschlossen hatten, als ich seinen straffen und brüderlichen Körper spürte.

Beim Aufwachen am nächsten Morgen war meine Wunde stark geschwollen und schmerzte. Ich nahm den Verband ab, die Wundnaht zwischen den Fäden war entzündet und eitrig. Ich musste sie desinfizieren, doch mit der linken Hand konnte ich es nicht tun. Ich bat Myrna darum, in der Apotheke eine Flasche 90-prozentigen Alkohol und Watte zu holen. Ich sagte ihr, sie solle den Alkohol auf die Wunde träufeln und den Eiter mit der Watte abtupfen. Als sie meinen Arm sah, begann sie zu zittern und alle Farbe wich aus ihrem Gesicht.

»Tut es weh?«

»Ist auszuhalten. Komm, leere es drüber.«

Der Alkohol brannte entsetzlich, aber ich biss die Zähne zusammen, damit sie nicht sah, wie sehr es schmerzte. Ich konnte nicht verhindern, dass ich zusammenzuckte, als sie mit der

Watte tupfte. Zwischen den Fäden trat eine Mischung aus Eiter und Blut aus, ihre Hand zitterte immer mehr.

»Lass gut sein, es ist nicht schlimm. Ich mache den Rest selbst, sonst kippst du mir noch um.«

Sie war kreideweiß.

»Setz dich draußen in die Sonne. Es geht vorüber.«

Sie ging hinaus wie ein Gespenst. Ich setzte die Behandlung alleine fort, aber es war umständlich, denn ich konnte die Wunde nicht gleichzeitig beträufeln und säubern. Der Alkohol brannte höllisch. Ich würde in die Ambulanz gehen müssen, damit ein Freiwilliger vom Roten Kreuz es machte. Ich wickelte meinen Arm ein, so gut ich konnte, und ging.

Als ich eine Stunde später zurückkam, war Myrna nicht mehr da, ich vermutete, dass sie einkaufen gegangen war. Ich hatte einen neuen Verband, eine Packung Verbandsmull und ein Medikament, das ich dreimal täglich auf die Wunde auftragen musste. Ich fragte mich, wie lange es wohl dauern würde, bis ich wieder ein Gewehr halten konnte. Ich wanderte in der Wohnung hin und her und beobachtete dabei meine Mutter. Sie saß auf dem Fußboden wie ein kleines Mädchen und streichelte langsam und fasziniert mit dem Finger über die Fliesenmuster. Es ging mir auf die Nerven, deshalb sagte ich zu ihr, sie solle aufstehen. Sie gehorchte und setzte sich kerzengerade in einen Sessel, die Hände auf die Knie gestützt, man hätte meinen können, sie legte eine Prüfung ab. Sie war fast fünfzig Jahre alt, man hätte sie für vierzig halten können. Ihr Haar war sauber gekämmt, Myrna hatte ihr einen geblümten Morgenmantel angezogen. Wenn man nicht auf ihren abwesenden Blick achtete, der mit unbegreiflichen Dingen beschäftigt war, und auch nicht auf ihre Schreckensstarre, hätte man sie für völlig normal halten können. Die Tage müssen lang für sie sein, dachte ich. Das war natürlich Blödsinn, denn sie war verrückt und nahm nichts mehr richtig wahr.

Ich ging auf den Balkon. Auf der Straße war viel los, die Leute nutzten den Waffenstillstand zum Herumspazieren und Einkaufen. Wenn Myrna zurückkam, wollte ich sie zu einem Spaziergang am Meer mitnehmen, dachte ich, darüber würde sie sich bestimmt freuen.

Sie kam über zwei Stunden später zurück, mit leeren Händen. Ich machte keine Bemerkung, sagte nichts, stellte ihr keine Fragen. Sie redete auch nicht mit mir, ging direkt in die Küche, bereitete rasch ein Mittagessen, und wir setzten uns an den Tisch. Meine Mutter aß wie üblich mit den Fingerspitzen; sie ließ ihre Finger ewig über dem gefüllten Teller kreisen, bevor sie alles in winzigen Häppchen verspeiste. Ich hatte das Gefühl, dass Myrna meinem Blick auswich, aber ich verstand nicht, warum. Hatte es sie schockiert, dass ich sie gebeten hatte, meine Krankenschwester zu sein?

»Weißt du was? Heute Nachmittag gehen wir am Meer spazieren und danach lade ich dich ins Kino ein. Es ist Waffenstillstand.«

»Ähm …, wenn du willst.«

Sie wirkte nicht gerade begeistert. Ich wollte ihr beim Abräumen und in der Küche helfen, aber mit der linken Hand ging das nicht gut, deshalb wartete ich, bis sie gespült hatte, und trank so lange einen Kaffee.

»Gehen wir?«

»Und deine Mutter?«

»Wir könnten sie mitnehmen.«

»Wie du willst.«

Schließlich habe ich meine Mutter zu Hause gelassen, denn

man konnte nicht wissen, ob sie nicht mitten im Kino einen Anfall bekommen oder sich plötzlich weigern würde weiterzugehen, sich auf den Boden setzen würde wie ein Kleinkind. Wir gingen ans Meer, spazierten lange am Ufer entlang, bis es Abend wurde. Das Meer war bewegt, voller schöner weißer Wellen, die in der Sonne glitzerten. Ich hatte einen Arm in der Schlinge, trug ein T-Shirt, eine Uniformhose, und mein Revolver steckte hinten im Gürtel, wahrscheinlich dachten die Leute: »Aha, ein Kämpfer, der seine Schwester ausführt.« Wir setzten uns einen Augenblick vor den Felsen in den Sand, schauten direkt in die Sonne, die gerade ins Meer sank und beim Untergehen die Wellen entflammte. Myrna wirkte entspannter, doch sie hatte während unseres Spaziergangs kaum drei Worte gesprochen. Ich saß ganz nahe bei ihr, also legte ich meinen Arm um ihre Schultern. Kurz schien sie zu erschauern, doch sie tat nichts, um mich abzuschütteln. Vielleicht waren es die Gefühle. Nach einer oder zwei Minuten zog ich meinen Arm zurück, weil Leute kamen. Die Sonne war verschwunden, wir standen auf.

»Welchen Film sollen wir uns ansehen?«

»Ich weiß nicht … was du willst.«

Ihre Stimme klang leicht verändert, bestimmt schämte sie sich. Wir gingen zu einem Kino nicht weit entfernt von der Wohnung und schauten uns einen amerikanischen Film an, dessen Titel ich vergessen habe; es war eine Komödie und Myrna lachte viel. In der Mitte des Films hatte ich Lust, ihre Hand zu halten, keine Ahnung warum, es kam mir normal vor, ich zögerte kurz und tat es. Ihre Hand spannte sich ein wenig an. Ihre Haut war warm, ich achtete überhaupt nicht mehr auf den Film. Ihre Finger waren mager, ich fühlte die Knochen. Irgendwann spürte ich einen Pulsschlag, aber ich glaube, es waren meine Herzschläge, so sehr war ich auf ihre Hand konzentriert. Ich begann zu schwitzen, denn es war heiß im Kinosaal. Als ich nur noch das Gefühl von Feuchtigkeit und starker Hitze hatte, ließ ich sie los. Der Film war ziemlich schnell zu Ende, und wir mussten mit dem Taxi heimfahren, denn es war dunkel. Die Nacht ist immer gefährlich, und auch wenn man bewaffnet ist, sollte man besser nicht zu Fuß unterwegs sein. Außerdem wollte ich nicht, dass Myrna sich fürchtet; ich wollte, dass sie den Krieg vergisst und sich wohlfühlt. Wir sprachen über den Film, er hatte ihr sehr gefallen. Sie erzählte mir, wie sehr sie das Kino liebe und dass sie früher sehr oft im Kino gewesen sei. Ich sagte ihr, ich würde jede Woche mit ihr ins Kino gehen.

Wir kehrten in die Wohnung zurück, aber ich hatte keine Lust, schlafen zu gehen, es war erst zehn Uhr. Myrna hatte zu lesen begonnen, deshalb sagte ich zu ihr, ich würde kurz weggehen. Sie sah mich mit einem komischen Blick an.

»Ich schaue bei unserem Kommandoposten vorbei und spiele mit den Kameraden eine Partie Karten«, log ich.

Ich spiele schon lange nicht mehr Karten, es gibt nichts Langweiligeres. Ich ging hinunter zu unserem Posten an der Straßenecke, holte mein Gewehr und ein Fernglas und fragte, ob jemand da wäre, der mich zur Front bringen könnte. Zwei Typen wollten sich etwas zu essen kaufen und haben mich abgesetzt. Die Stadt war vollkommen dunkel, schwarz, und das Meer in der Ferne war noch schwärzer. Ich kam bei zwei Spähposten vorbei und stieg aufs Dach unseres höchsten Gebäudes. Beim Hinaufgehen konzentriere ich mich. Ich atme ein, während ich drei Stufen hochsteige, und atme bei den nächsten fünf Stufen aus, in aller Ruhe, regelmäßig, und wenn ich auf dem Dach ankomme, bin ich bereit, aufgewärmt. An diesem

Abend war mein Problem der rechte Arm, aber ich benutzte das Zweibein und konnte im Liegen schießen. Ich bezog Stellung, lud das Gewehr, überprüfte die Kimme, stellte das Zielfernrohr ein. Mit dem rechten Arm ohne Stütze tat ich mich etwas schwer, deshalb machte ich zuerst im Sitzen ein Ziel mit dem Fernglas aus. In der Ferne gab es ein paar Lichter. Ich fand ein Gebäude fünf-, sechshundert Meter weit weg mit einem Fenster, in dem eine Gaslampe brannte. Ich sah nur einen Teil davon, und dahinter war ein Vorhang. Bestimmt Flüchtlinge oder sehr arme Leute, die sich dort gerade niedergelassen hatten, weil ihr Haus zerstört war. Kämpfer hätten niemals ein aus dieser Entfernung und in dieser Höhe sichtbares Licht brennen lassen. Keine Menschenseele auf den Straßen. Ich beobachtete dieses Fenster lange durch das Fernglas, manchmal sah ich einen Schatten daran vorübergehen. Ich war vollkommen ruhig, trotz meines Arms bereit für einen guten Schuss; ich musste nur schnell genug schießen, denn ich konnte nicht sehr lange in Schießstellung bleiben. Vom Meer wehte eine leichte Brise, nichts, was von Bedeutung war. Ich merkte mir den Ort genau, richtete das Gewehr in etwa darauf aus und legte mich hin. Ich atmete ruhig. Fast sofort fand ich den Ort im Zielfernrohr wieder, ich zielte auf die Stelle, wo sich meiner Einschätzung nach der Schatten abzeichnen würde, und ich wartete. Ich hielt meine Position zwei Minuten, dann tat mir der Arm weh. Nichts. Ich setzte mich wieder auf, machte eine Viertelstunde lang Pause und beobachtete dabei mit dem Fernglas das Fenster, das Licht brannte noch immer. Beim zweiten Versuch hatte ich mehr Glück. Kaum hatte ich mich wieder in Position gebracht, kam der Schatten vorbei. Ich drücke langsam ab und brachte eine Kugel auf zwei Drittel Körperhöhe auf den Weg. Das Gewehr bewegte sich kaum, ich sah, wie der

Schatten zu Boden ging, drei Sekunden später ging das Licht aus.

Es war kein schwieriger Schuss. Ich hatte Schmerzen und musste mich ein wenig ausruhen. Ich wechselte die Seite und beobachtete das Viertel Richtung Oberstadt. Ich sah eine Straßenecke an der Einmündung zu einer ziemlich wichtigen Straße, der Mond beleuchtete sie ein wenig. Vielleicht würde es mir gelingen, schnell genug vom Fernglas zum Gewehr zu wechseln, wenn dort jemand auftauchte. Ich brachte das Zweibein in Stellung, setzte mich so hin, dass ich mit einem Sprung am Gewehr war, wenn ein Fußgänger erschien. Man musste verrückt sein, wenn man nachts in diesen Vierteln zu Fuß unterwegs war, aber man weiß ja nie. Ein Auto hätte ich mit dem Gewehr auf diese Weise nie erwischen können. Ich wartete zwei Stunden, doch niemand kam vorbei. Ich wechselte ein drittes Mal die Zielrichtung, ebenso glücklos. Einen Augenblick später schlief ich ein, ich lag auf dem Rücken, am Himmel sah man Sterne. Zusammen mit den Kameraden, die abgelöst wurden, kehrte ich nach einem Zwischenstopp für ein Sandwich gegen zwei Uhr morgens heim.

Haus und Wohnung waren still und lagen völlig im Dunkeln. Ich machte kein Licht, als ich in die Wohnung trat, ging direkt und ohne ein Geräusch zu machen, auf den Balkon. Ich öffnete vorsichtig Myrnas Fensterladen, Stück für Stück, er war fast neu und knarrte nicht. Das helle Mondlicht fiel durch das offene Fenster in ihr Zimmer, sie schlief friedlich. Nur der Nacken und eine Schulter schauten aus dem Bettzeug hervor; ihre Brust hob sich fast unmerklich. Ihr Gesicht lag im Kopfkissen verborgen, über dem ihr Haar ausgebreitet war; sie schlief auf der Seite, ich konnte ihren Po und ihre Beine unter der straff hochgezogenen Decke erahnen. Ich blieb einen oder zwei Meter von ihr entfernt stehen und rührte mich nicht, ich weiß nicht wie lange. Dann ging ich wieder ganz langsam hinaus, rückwärts, Schritt für Schritt. Ich schloss den Fensterladen wieder, setzte mich in den Sessel und wusste nicht so recht, was ich jetzt tun sollte.

*

Die ganze Woche über unternahm ich weiter meine nächtlichen Expeditionen, der Erfolg hielt sich in Grenzen, wenige Abschüsse. Ich hatte es eilig, meinen Arm wieder voll belasten zu können und tagsüber im Einsatz zu sein. Der Waffenstillstand war beendet und es gab ein paar Bombardements, aber an der Front war es eher ruhig. Wir hatten die Schlacht in den Hügeln gewonnen, leider mit vielen Verlusten, und die Hauswände waren bedeckt mit den Fotos der Männer, die im Kampf gefallen waren.

Wenn ich abends wegging, stellte Myrna keine Fragen, sie wusste bereits, dass ich zu unserer Einsatzleitung ging, aber ich fragte mich, ob sie begriffen hatte, was ich danach machte. Bestimmt hatte es ihr jemand gesagt, es gibt immer Leute, die einen auf dem Laufenden halten. Alle waren neidisch auf die Macht der Kämpfer. Hätte ich nicht befürchtet, ihr Angst zu machen, hätte ich gern ihre Meinung dazu gehört. Ohnehin sprachen wir kaum miteinander, abgesehen von den üblichen Alltagsgesprächen, und das war besser so. Ich begnügte mich damit, sie nachts anzusehen und hin und wieder über ihr Haar zu streicheln, wenn sie an mir vorbeiging. Sie wurde dann immer ein wenig steif, als hätte sie Angst, ich würde ihr weh tun. Eines Nachts hat sie mich, glaube ich, in ihrem Zimmer gesehen; ich war wie immer leise, reglos wie ein Schutzengel. Sie hatte sich zu mir gedreht und ich betrachtete ihre geöffneten Lippen, ihre Zähne, den Brustansatz, ihren fast schwarzen Arm auf der großen weißen Welle des Bettlakens, und plötzlich sah ich, wie sich ihre Augen öffneten, wie sie blinzelten und weit offen blieben. Sie fixierte mich ihrerseits in der Dunkelheit. Dann bewegte sich ihr Arm, sie zog die Decke wieder über ihre Schulter und drehte sich um. Ich rührte mich lange nicht aus Angst, sie könnte richtig aufwachen; kalter Schweiß stand auf meinem Rücken. Ich dachte an mein Dach, an das Gewehr; ich sagte mir, dass ich sie töten müsste, wenn sie aufwachen oder schreien würde, und dieser Gedanke machte mich traurig und beschwingt zugleich. Doch sie schlief wieder ein, das Bettzeug hob und senkte sich regelmäßig. Auch mein Herz begann wieder normal zu schlagen. Bestimmt träumte sie etwas, im schlimmsten Falle würde sie sich daran erinnern, von mir geträumt zu haben. Oder an einen Albtraum glauben, wenn sie mein Gesicht im Dunkeln nicht erkannt hatte.

Jede Nacht, wenn ich nach Hause kam, sah ich ihr beim Schlafen zu. Unser Spaziergang, der Kinobesuch hatte nichts an ihrem Verhalten geändert, sie kümmerte sich um meine Mutter und die Wohnung und sagte noch immer kaum etwas. Eines Tages fragte sie mich, ob sie einen Tag frei nehmen könne, um ihre Tante zu besuchen, ich sagte ihr, das gehe in Ordnung, nur solle sie dann dort übernachten wegen der Bombardements. An diesem Tag bin ich erst im Morgengrauen zurückgekehrt, sie war ja nicht da, und ich konnte zufällig einen schönen, schwierigen Treffer landen, einen Kopfschuss bei einem unvorsichtigen oder unausgeschlafenen Taxifahrer. Das hat mir wieder Selbstvertrauen gegeben.

Mein Arm heilte, die Entzündung verschwand und bald spürte ich nur noch eine leichte Steifheit, sicher wegen der

Fäden. Ich ging in die Ambulanz, ließ sie ziehen, zurück blieb eine hellrote Narbe, eine drei Zentimeter lange Linie mit roten Punkten an beiden Seiten. Ich war nicht mehr gezwungen, mich den ganzen Tag in der Wohnung im Kreis zu drehen, ohne etwas anderes zu tun, als Myrna um mich herum werkeln zu sehen und meiner Mutter beim Singen zuzuhören. Das Leben nahm wieder seinen gewohnten Lauf, ich kehrte zur Arbeit zurück.

Die ersten sechs Monate vergingen sehr schnell. Die Front war einigermaßen ruhig und ich arbeitete viel, morgens und abends. Ich schoss im Durchschnitt eine Patrone am Tag, immer oder fast immer ein sicherer Treffer, meine Trefferquote näherte sich hundert von hundert. Ich wagte mich weiter in neutrales Terrain vor, um hochwertigere Treffer zu erzielen. In aller Frühe, solange es noch dunkel war, drang ich vor und wartete auf dem Dach eines verlassenen Hauses versteckt auf das Morgengrauen. Das waren die angenehmsten Momente. Das Licht kam über die Berge, zog das Meer aus seinen schwarzen Tiefen und flutete nach und nach in die Stadt, erst bläulich, dann blasslila, rotorange und schließlich zeigte sich die Sonne, vertrieb den Dunst und die Wolken, ließ es hell werden in den Straßen, wo die Leute nicht wussten, dass ich sie beobachtete und über den Ort entschied, an dem ich sie töten würde, häufig durch Kopfschuss, was eindrucksvoller und schwieriger ist, als durch einen Schuss in die Brust oder in den Rücken. Ich hatte eine Art euphorisches Erbarmen entwickelt, ich schoss nicht mehr auf junge Mädchen, die in ihren Schuluniformen eine gewisse Ähnlichkeit mit Myrna hatten, aber an Zielen fehlte es um diese Zeit nicht. Ich leistete gute Arbeit.

Die Kameraden im Kommandoposten senkten den Blick, wenn ich vorbeiging, nur Zak und der Kommandeur sprachen mit mir, meist um mich zu beglückwünschen; man wusste von der Qualität meiner Abschüsse. Ich spürte, dass ich eine diffuse Angst verbreitete, ein Unbehagen, das mich selbst beschlichen hätte, wäre ich nicht überzeugt gewesen, dass der Krieg Leute brauchte, die ihn führten. Im Grunde gab das jeder zu. Es war vielleicht schlecht, aber irgendjemand musste es machen, denn der Feind verzichtete auch nicht darauf.

Während dieser sechs ruhigen Monate blieb Myrna in der Wohnung und verließ kaum das Haus. Ab und zu ging sie zu ihrer Tante, doch immer seltener. Wenn ich nach Hause kam, beobachtete ich sie beim Schlafen, und ein oder zwei Mal war es mir gelungen, ihr zuzusehen, wie sie sich auszog. Ich hatte immer mehr das merkwürdige Gefühl, dass sie sich schlafend stellte, während ich im Dunkeln ausharrte und sie betrachtete, als ob sie mich ebenfalls beobachtete. Doch nie wieder habe ich ihre großen offenen Augen gesehen wie beim ersten Mal. Einmal in der Woche ging ich mit ihr ins Kino, immer hielt ich fast die ganze Zeit während der Vorstellung ihre Hand, und sie hinderte mich nie daran. Diese gemeinsamen Kinobesuche waren die einzigen Augenblicke, an denen wir uns wirklich unterhielten, über den Film und die Geschichte, die wir gerade gesehen hatten, meist eine Komödie. Wenn wir zusammen zu Hause waren, las sie oder erledigte den Haushalt. Meine Mutter verwandelte sich in eine Art zahmes Tier, sicher die Wirkung der Medikamente, und sie verbrachte die meiste Zeit damit, zu schlafen oder auf ihrem Stuhl zu sitzen und mit leerem Blick vor sich hin zu träumen.

Ich fragte mich oft, welche Gefühle Myrna für mich hatte, aber ich konnte es nicht herausfinden; sie ließ es zu, dass ich ihre Hand nahm und ihr Haar streichelte, doch sie unternahm nie selbst etwas, um sich mir zu nähern. Vielleicht aus Scham aufgrund ihres Alters. Am meisten gefiel mir, dass sie keine Gefühle zu haben schien, dass sie wie ich war, stark und unnachgiebig. Ein einziges Mal habe ich sie beim Weinen ertappt, als ich eines Tages überraschend nach Hause kam. Sie schluchzte auf ihrem Bett; als sie mich im Wohnzimmer sah, stand sie auf, um ihre Tür zu schließen. Eine Viertelstunde später kam sie heraus, und nach einem Gang ins Bad war in ihrem Gesicht keine Spur mehr von Tränen, nur noch eine leichte Blässe zu sehen.

Abgesehen von ihrer Tante, war der Lebensmittelhändler der einzige Mensch, mit dem sie sprach; sie plauderten lange miteinander, wenn sie Einkäufe machte, und ich war ein wenig eifersüchtig, weil der Lebensmittelhändler ein Freund ihres Vaters gewesen war und sie von Kindesbeinen an kannte. Wenn ich bei ihm vorbeikam, erkundigte er sich stets besorgt nach ihr, es ging mir auf die Nerven. Als könnte ich mich nicht richtig um sie kümmern. Selbstverständlich ließ ich mir nichts anmerken und antwortete immer auf seine Fragen. Ich hatte noch nicht begriffen, dass er hinter meinem Rücken etwas anzettelte. Fast auf den Tag genau sechs Monate nachdem Myrna bei mir eingezogen war, nahm mich mein Chef zur Seite, als ich mich abends bei der Kommandozentrale meldete, und wollte mit mir sprechen. Er begann mit einem Lob, sagte, ich sei ein guter Kämpfer, doch ich war auf der Hut, denn ich merkte, dass es noch um etwas anderes ging. Er redete eine Weile um den heißen Brei herum, an der Front sei es ruhig und so weiter, und fragte plötzlich:

»Bei dir wohnt jetzt ein junges Mädchen, stimmt's?«

»Ja«, antwortete ich so ruhig wie nur möglich, »sie kümmert sich um meine Mutter.«

»Ach, ist deine Mutter krank?«

»Im Kopf, ja. Sie ist verrückt.«

Er wirkte etwas schockiert über meine Antwort, doch er kannte mich, er wusste, dass ich die Dinge gern beim Namen nenne.

»Na, dann … Du solltest auf sie aufpassen. Auf das Mädchen, meine ich. Es wäre besser, du würdest jemand anderen einstellen, eine ältere.«

»So … Und warum?« Ich hatte gute Lust, ihn zu fragen, in was er sich da einmischte, doch ich begann zu begreifen, dass Myrna jemandem etwas erzählt hatte und es besser war, wenn ich schwieg.

»Weil …« Das Gespräch schien ihm ebenso lästig zu sein wie mir. »Weil man mir gesagt hat … also, die Leute in deinem Viertel finden das unschicklich, weil sie zu jung ist.«

»Ach ja … Gut. Ich kümmere mich darum, ich suche nach jemand anderem, aber es ist nicht leicht. Daran hatte ich nicht gedacht.«

»Ich wiederhole dir nur, was man mir gesagt hat, das ist alles.«

»Danke, dass Sie mich gewarnt haben.«

Ich meinte es ernst, ich war dankbar, weil ich zu wissen glaubte, wer den Mut aufgebracht hatte, ihm davon zu erzählen: Der Lebensmittelhändler hatte einen Offizier in der Verwandtschaft. Myrna musste ihm unabsichtlich irgendetwas erzählt haben, und anstatt mich direkt anzusprechen, hatte der Feigling seinen Cousin gebeten einzuschreiten. Ich war nicht ganz sicher, aber nahezu: Die Nachbarn hatten viel zu viel Angst, um einem bekannten Kämpfer etwas nachzusagen, und Myrnas Tante, die ich zweimal gesehen hatte, war zu froh über das wöchentliche Geld, das sie angeblich für Myrna und ihre

Aussteuer zur Seite legte. Außerdem fühlte sich der Lebensmittelhändler wahrscheinlich verantwortlich, denn er hatte sie mir vorgestellt. Ich überlegte, ob ich ihm mit Zak und seinem Messer einen Besuch abstatten sollte. Doch ich konnte ihn nicht sofort nach dieser Geschichte töten.

Auf dem Heimweg trug ich das Gewehr, das Fernglas und was sonst noch dazugehört, gut sichtbar. Ich trat ins Haus wie immer, Myrna war im Wohnzimmer. Ich sah ihr direkt in die Augen und legte das Gewehr auf den Tisch, ganz selbstverständlich, als wäre es das Normalste auf der Welt. Sie wandte sofort die Augen ab, als wolle sie es vergessen. Da fasste ich sie fest am Arm, zog sie näher zum Tisch und sagte so ruhig wie möglich:

»Schau, das ist mein Gewehr. Ich habe es mitgebracht, damit du es siehst. Man hält es hier und guckt durch das Zielfernrohr, um etwas ins Visier zu nehmen.«

Sie versuchte, sich loszumachen, also packte ich sie am Nacken, damit sie dablieb. Ich holte eine Patrone aus meinem Patronengürtel, hielt sie ihr vor das Gesicht und erhob ein wenig die Stimme.

»Das ist eine Patrone. Siehst du, wie lang sie ist? Schau hin. Sie ist so lang, damit das Projektil weit fliegt. Siehst du die Kugel? Schau hin, sag ich. In diesem Gewehr sind zwölf davon. Siehst du den Abzug? Damit drückt man ab. Er ist sehr empfindlich.«

Ich löste den Verschluss, Myrna versuchte, den Moment zu nutzen, um sich von mir loszumachen. Ich hielt sie fest, klemmte sie zwischen meinen Arm und den Lauf. »Schau, hier verlässt das Projektil den Lauf. Je länger der Lauf ist, desto genauer schießt die Waffe.«

Sie sah mich mit großen Augen an, entsetzt, die Waffe lag schräg über ihrem Bauch wie eine Schranke. Ich ließ Myrna los, denn ich fing an, etwas fester zu drücken und ihr weh zu tun. Sie hatte Tränen in den Augen und rannte in ihr Zimmer.

Ich hatte mich etwas beruhigt, setzte mich auf den Balkon. Jetzt hat sie verstanden, dass ich sie niemals fortlassen würde, dachte ich. Eine Stunde später verließ sie die Wohnung, als wäre nichts gewesen. Als sie vor das Haus trat, sah sie zu mir hinauf, ich winkte ihr kurz zu. Sie ging am Lebensmittelgeschäft vorbei, aber nicht hinein. Ich setzte mich auf den Balkon, von der Brüstung verborgen, und beobachtete den Lebensmittelladen. Eine Viertelstunde später kehrte sie zurück, der Händler stand vor dem Geschäft. Sie sagte etwas zu ihm, er bedeutete ihr hineinzugehen. Ich hoffte, sie würde ihm die Geschichte mit dem Gewehr erzählen, aber ich war mir nicht sicher, ob sie es tat. Ich war zufrieden mit meiner Reaktion. Die Gefahr, dass sie weggehen würde, schien ein für alle Mal gebannt, solange sie befürchten musste, dass ich sie oder den Lebensmittelhändler töten könnte.

In den folgenden Tagen machte ich einen Bogen um den Lebensmittelladen aus Sorge, ich würde diesem Hund sonst sagen, was ich von ihm hielt, oder ihm die Kugel verpassen, die ihm zugedacht war. Von da an hörte ich keine Bemerkungen mehr, weder vom Kommandeur noch von sonst jemandem. Myrna verhielt sich vollkommen normal, ich hatte das Gewehr verschwinden lassen. Der Vorfall war erledigt, der einzige in sechs Monaten.

*

Vor Myrna war Zak der einzige Fremde, der je zu mir nach Hause kam. Er kam ab und zu mit hoch, wenn wir von der Arbeit zurückkehrten, um einen Kaffee zu trinken; wir unterhielten uns über alles und nichts, die Kämpfe, die nächsten Aufträge. Wir kommentierten die Neuigkeiten von der Front, sprachen über die einen oder anderen, die gefallen waren, über die Umstände ihres Todes, wie er hätte verhindert werden können, ganz wie Fußballspieler die Ergebnisse eines Spiels kommentieren, stundenlang. Es war unsere Art, mit dem Druck umzugehen, alles zu analysieren. Im Kampf hat man tatsächlich keine Zeit zum Nachdenken. Mit Zak zu diskutieren glich ein wenig dem Brüten über einem Schachbrett beim Nachvollziehen der Spielzüge. Doch seit Myrna bei mir wohnte, war er noch kein Mal da gewesen. Ich sah ihn ab und zu bei der Einsatzleitung; er war etwas eifersüchtig, glaube ich. Er wusste, dass Myrna bei mir war, und einmal sind wir ihm zusammen an der Küste begegnet. Myrna hatte ihm zugelächelt, er hatte sie mit spöttischem Blick gegrüßt und mich angesehen, als wolle er sagen: »He Alter, du scheinst dich nicht zu langweilen.« Ich weiß nicht warum, aber ich schämte mich, als hätte er mich bei etwas ertappt, grundlos. Er mischte sich in etwas ein, was ihn nichts anging.

Daher war ich nicht besonders glücklich, als er eines Abends unangekündigt vorbeikam. Es war unmittelbar nach der Sache mit dem Lebensmittelhändler und ich hatte begriffen, dass ich jedem misstrauen musste. Myrna machte gerade den Abwasch, als er anklopfte, ich öffnete die Tür, bat ihn herein; er tat wie immer überlegen, selbstsicher, mit seinem ironischen Lächeln auf dem Gesicht.

»Salut, ich war gerade in der Gegend und dachte, du würdest mir sicher einen Kaffee anbieten.«

Ich zögerte kurz, aber es war schließlich Zak, ein Freund, und natürlich konnte er fünf Minuten bleiben. Eine erfundene Entschuldigung hätte ihn nur unnötig verärgert.

»Komm rein«, sagte ich, »wir trinken einen Kaffee und gehen dann zum Kommandoposten, einverstanden?«

»Okay. Gibt's was Neues?«

Er sah zur Küche.

»Geht's deiner Mutter besser?«

»Alles wie immer, nichts Besonderes.«

Ich spürte, dass er etwas über Myrna erfahren wollte, dass er vorbeigekommen war, um sie zu sehen, aus Neugier, um herauszufinden, wie wir zueinander standen. Vielleicht auch, weil er im Kommandoposten Gerüchte gehört hatte. Ich ging in die Küche, und natürlich folgte er mir; Myrna stand mit ihrer Schürze vor dem Spülbecken.

»Du kennst Zak, nehme ich an«, sagte ich zu ihr, während ich die Kaffeekanne vom Regalbrett nahm.

Sie lächelte, während sie tat, als entschuldige sie sich für ihre vom Spülen nassen Hände.

»Ja, guten Tag.«

»Salut, du heißt Myrna, stimmt's?«

Es war dieser Tonfall eines Frauenhelden, der mich aufbrachte.

»Wie geht's? Beutet dich dein Chef nicht zu sehr aus?«

Ich musste etwas sagen, um ihr Gespräch zu unterbrechen, ich wollte nur eines: dass Zak die Küche verließ.

»Myrna, würde es dir etwas ausmachen, uns einen Kaffee zu kochen? Wir trinken ihn auf der Terrasse«, sagte ich.

Zak begann zu lachen, Myrna ebenfalls:

»Ein bisschen schon, wie du siehst …, aber selten.«

Sie machten sich über mich lustig, alle beide, ich setzte ein Lächeln auf. Ich wollte nicht, dass Myrna sich weiter mit ihm unterhielt, ihm irgendetwas erzählte: Seit dem Vorfall mit dem Lebensmittelhändler war noch nicht genug Zeit vergangen, ich wollte verhindern, dass sie die geringste Anspielung darauf machte, die Zak hätte verstehen können. Er war neben sie getreten, als wollte er ihr beim Kaffeekochen helfen, ich nahm ihn leicht am Arm und sagte, komm, wir setzen uns raus. Etwas spöttisch ließ er es sich gefallen. Sobald wir draußen waren, meinte er lachend zu mir:

»Junge, hast du ein Glück. Da hast du ja eine seltene Perle gefunden. Willst du sie mir nicht ab und zu mal ausleihen? Sie ist ganz schön …«

Ich ließ ihn nicht weiterreden, wenn ich etwas nicht leiden kann, dann ist es Vulgarität.

»Ja, gut, alles bestens. Dem ist nichts hinzuzufügen.«

»Hoho, Meine Fresse, du bist eifersüchtig!«

»Quatsch. Worauf sollte ich denn eifersüchtig sein?«

»Keine Ahnung. Ich wäre es. Ein so hübsches Mädchen, ist doch klar, dass du das ein wenig genießt … vielleicht auch etwas mehr – so am Abend, wenn …«

Ohne wirklichen Grund sah ich rot.

»Verdammt nochmal, Zak, halt deine Zunge im Zaum. Kannst du nicht von was anderem reden?«

Ich hatte zu schreien begonnen, er sah mich überrascht und verärgert an.

»Was ist denn in dich gefahren? Verträgst du keinen Spaß mehr?«

»Es ist einfach nicht witzig, klar?«

Er begriff, dass ich es ernst meinte, und wechselte halbherzig das Thema; es entging mir keineswegs, dass ich ihn verletzt hatte. Als Myrna mit dem Kaffee kam, sagte Zak kein Wort. Als sie wieder ging, spürte ich, dass ich mich entschuldigen musste.

»'tschuldigung, ich bin im Augenblick mit den Nerven am Ende. Ich wollte mich nicht aufregen.«

»Nicht schlimm.«

Trotzdem wirkte er eingeschnappt.

»Aber sprich nie wieder in diesem Ton mit mir, okay?«

Er sah mir direkt in die Augen. Ich wusste nicht mehr, was ich sagen sollte. Ich hatte keine Lust, mich noch einmal zu entschuldigen. Schließlich lebte Myrna bei mir, sie hätte ebenso gut meine Schwester wie meine Frau sein können, auch er musste Respekt aufbringen. Er war mein bester Freund, ich wollte, dass er mich versteht, aber ich wusste nicht, wie ich es erklären sollte.

»Komm«, sagte ich, »wir drehen eine Runde. Wir können beim Kommandoposten vorbeischauen, und danach lade ich dich irgendwo zum Essen ein, wäre das etwas?«

»Wie du willst.«

Ich sagte Myrna, dass ich spät zurückkommen würde, und wir gingen hinaus, als wäre alles beim Alten.

*

Kurz darauf begannen die Gefechte von neuem wie eine regelmäßig wiederkehrende Jahreszeit. Sie hatten nie wirklich aufgehört, waren aber ohne ersichtlichen Grund gewaltsamer geworden, und ich musste wieder einen Spähposten in vorderster Linie einnehmen, denn es wurden alle verfügbaren Männer gebraucht. Ich musste Wache schieben und kam im Durchschnitt jeden zweiten Tag nach Hause. Dieses Mal war viel Artillerie im Einsatz, Panzer und Kanonen, und sobald wir einen Angriff unternahmen, waren die Verluste ziemlich schrecklich. Granaten sind das Grauen. Man kann nichts gegen sie ausrichten, sie kommen aus dem Nirgendwo und befördern eine ganze Abteilung innerhalb von zwei Minuten ins

Nichts. Einmal saß ich hinter meiner Schießscharte und sah eine Gruppe Kameraden, die einen frontalen Angriff auf eine gut verteidigte Stellung starteten; erst hat ein Maschinengewehr sie umgenietet, und als sie mitten auf der Avenue lagen, wurden sie von einer Granate abgeräumt. Es war ein großes Kaliber, mindestens 120 mm. Das Geschoss zerfetzte sie alle. Das war zu Beginn des Sommers, es wurde langsam heiß, und alle diese Leichen, diese menschlichen Überreste verwesten, schmolzen in der Hitze, verpesteten die Luft, und wenn der Wind ungünstig stand, erinnerten sie einen daran, dass man bald selbst an der Reihe sein würde. Man konnte niemanden rausholen, erstens, weil es zu gefährlich war, und zweitens, weil die Zeit dazu fehlte. Und da selbst auf die Rettungssanitäter geschossen wurde, wartete das Rote Kreuz mit seinem Einsatz auf einen Waffenstillstand, eine Vereinbarung über eine oder zwei Stunden zum Einsammeln der Leichen und der Verwundeten. In der Zwischenzeit war es an uns, wenn möglich diejenigen aus der Gefechtszone zu holen, die transportfähig waren: Man sah sehr oft angeschossene Typen, die stöhnend wegzukriechen versuchten, bis ein Schuss sie traf und zum Schweigen brachte.

In einer der kurzen Kampfpausen nach einem sehr harten Gefecht machten wir drei Gefangene. Überall lagen Leichen und Verwundete, von der Gegenseite kam ein Rettungswagen des Roten Kreuzes angefahren, um sie einzusammeln. Sie bemerkten zwei ihrer Kameraden, die nur leicht verletzt waren, und transportierten sie ab, ich beobachtete das alles durch das Fernglas. Sie sammelten noch einen dritten ein, der in einem schlechteren Zustand zu sein schien, und wollten ihn gerade in den Krankenwagen schieben, als das Bombardement wieder einsetzte – bums, schlägt ein paar Meter von ihnen entfernt eine Granate ein. Dann eine zweite. Sie befanden sich mitten in der Hölle, ich sah, wie sie panisch wurden, es war unmöglich, den Rückzug anzutreten, überall gab es Explosionen, also rasten sie schnurstracks auf unsere Linien zu. Ich verließ meinen Posten, kalkulierte, wo man sie abfangen konnte, rannte los und rief dabei Zak zu, er solle mit mir kommen. Der Krankenwagen war gerade aus der Gefechtszone herausgefahren, als wir ankamen, uns in die Mitte der Straße stellten und in die Luft schossen, damit sie anhielten. Sie kurbelten das Fenster runter und brüllten: »Rotes Kreuz! Seht ihr nicht, dass das ein Krankenwagen ist?« Doch, sagte ich zu ihm, er könne weiterfahren, aber die drei Verwundeten müssten hierbleiben. Er sagte nichts, bestimmt fragte er sich, woher ich wusste, wie viele Verletzte er transportierte. Ein anderer Rettungssanitäter öffnete die Autotür und stieg aus, was soll das, was wollt ihr, wir haben drei Verletzte und die geben wir nicht her, das ist ein Krankenwagen.

»Raus jetzt, alle!«

Und ich schoss in die Luft, damit er sah, dass wir es ernst meinten.

Die drei Rettungssanitäter stiegen aus, wir reihten sie entlang der Mauer auf, die Hände über dem Kopf. Zak gab mir Deckung, ich riss die Hecktür auf, im Transportraum befanden sich zwei Tragen und auf einem Sitz ein weiterer Verwundeter.

»Raus, und keine Faxen«, sagte ich.

»Ich kann nicht, mein Bein ist gebrochen.«

»Dann kriech, los jetzt, oder ich hole dich«, sagte Zak.

Der Typ versuchte, sich aus dem Sitz zu heben, und stürzte brüllend vor Schmerz der Länge nach auf den Asphalt. Sein Bein war voller Blut, abartig umgeknickt. Zak sprang in den Krankenwagen, um die Typen auf den Tragen zu inspizieren.

»Einer ist bewusstlos«, sagte er.

»Dann holen wir nur den anderen raus.«

»Los, du Arschloch, steh auf«, hörte ich ihn schreien.

»Ich kann nicht, ich kann nicht, ich habe eine Kugel im Knie.«

Ich öffnete den Transportraum sperrangelweit und zog die Rampe raus, so konnten wir die Tragen herunterlassen. Zak öffnete die Bremsen der Tragen und schubste sie nach draußen, sie rollten die Straße entlang, der Typ mit der Kugel im Knie begann zu schreien, der mit dem gebrochenen Bein konnte gerade noch wegrobben.

»Los, verpisst euch«, sagte ich zu den Rettungssanitätern.

»Das ist unzulässig! Wir sind vom Roten Kreuz und …«

»Verpisst euch«, fügte Zak hinzu.

»Und die Tragen?«, fragte der Fahrer.

»Eine kannst du gleich mitnehmen«, sagte Zak.

Er ging zu dem Bewusstlosen und jagte ihm eine Kugel in den Kopf.

»So, mit dem da kannst du zurückfahren.«

Die Rettungssanitäter sagten nichts mehr und fuhren mit ihrem Leichnam davon, um irgendwo auf den nächsten Waffenstillstand zu warten, der ihnen die Rückkehr ermöglichen würde.

Die beiden Gefangenen zitterten vor Angst, erschossen zu werden, dem Kriechenden war es gelungen, sich ein paar Meter zu entfernen. Wir schubsten die Trage bis zu ihm und hießen ihn, sich neben den anderen zu legen. Wir banden sie mit den Haltegurten fest. Sie waren jung, gerade mal achtzehn Jahre alt, schätzungsweise. Sie weinten. Wir alberten rum, waren froh über unseren Fang, es war lustig, diese Trage mit all dem Stöhnen durch die Gegend zu schubsen. Die Typen heulten vor Schmerz, denn wir nahmen keine Rücksicht auf Schlaglöcher. Zak brachte sie mit gewaltigen Ohrfeigen zum Schweigen, sie erstarrten vor Angst und ohnmächtiger Wut. So kamen wir in bester Stimmung bei einem Posten an, wo ein Offizier sie verhören konnte. Er musterte sie, festgezurrt auf ihrer Trage, versetzte einem der herunterhängenden Beine einen Fußtritt, sah sich an, wie der Typ aufschrie, und meinte voller Verachtung:

»Die überlasse ich euch. Bringt sie runter, damit sie ausspucken, wo in ihrem Sektor die Maschinengewehre positioniert sind und was für die kommenden Tage geplant ist.«

Und dann verschwand er. Die Geschichte mit den Maschinengewehren war Unsinn, denn wir wussten genau, wo sie waren. Und noch unsinniger war die Frage nach den Plänen, denn darüber wussten diese beiden armen Typen mit Sicherheit absolut nichts. Wir gingen die Rampe zur Tiefgarage hinunter. Unten legten wir ihnen Handschellen an und ketteten sie an die Seilwinde. Der Verhörraum war eine große Garage unter einem Wohnhaus, sie war gut ausgestattet, es gab alles, was man brauchte, um einen Gefangenen zum Reden zu bringen, sogar einen alten elektrischen Flaschenzug. Die beiden Typen schlotterten vor Angst, und als wir anfingen, sie hochzuziehen, pisste sich einer in die Hose und der andere wurde ohnmächtig. Als sie zehn Zentimeter über dem Boden hingen und die Handschellen sich in ihre verdrehten Handgelenke gegraben hatten, begann ich mit der Befragung.

»Wo sind eure Maschinengewehre?«

Der mit dem blutigen Knie:

»Ich sage euch alles, alles, lasst mich runter …«

Es war zum Schieflachen, er weinte wie ein Säugling mit seiner völlig nassen Hose und seinem blutverschmierten Bein.

Zak griff an, verpasste ihm eine Serie von Geraden in den Bauch, der Gefangene pendelte wie ein Boxsack.

»Wo sind eure Maschinengewehre?«, wiederholte ich.

»Es gibt nur eines in unserem Sektor, an der Ecke ... Ahhh.«

Zak hatte ihm keine Zeit gelassen, den Satz zu vollenden, und ihm mit einer Eisenstange, die herumlag, einen kräftigen Schlag auf das verwundete Knie gegeben. Er war wie ein Wahnsinniger, schwitzte, hörte nicht auf zu schlagen, da, du Dreckskerl, in die Seiten, in die Hoden, auf die Beine, bis der Mann ohnmächtig wurde oder starb, man wusste es nicht. Ich musste seinen Arm zurückhalten.

»Zak, beruhige dich, das hier ist nicht der Jahrmarkt.«

Ich wollte aufhören, nach Hause gehen. Der andere war noch immer ohnmächtig. Sein Schienbein ragte einen guten Zentimeter aus dem Fleisch. Ich musste wieder nach oben, egal wie tief ich einatmete, ich spürte keinen Luftzug in meinen Lungen, der Keller drückte auf meinen Brustkorb, als wäre ich es, der geschlagen wurde. Wenn ich sprach, hörte ich meine eigene Stimme hallen.

»Sie sind tot, lass gut sein, wir hören auf.«

»Aber nein, sie tun nur so, diese Waschlappen, ich werde sie schon wecken, wart's ab.«

Er begann wie ein Wilder auf den zweiten Mann einzuschlagen, brüllte, wach auf, wach schon auf, du Arsch! Das Bein blutete entsetzlich, unter den Schlägen hatte sich eine klaffende Wunde geöffnet. Ich nahm meine Waffe, trat etwas zurück und schoss dem Gefangenen in den Kopf, in einer Explosion von Blut schmetterte es ihn nach hinten, der Knall hallte grauenhaft. Ich war schweißgebadet.

»So, jetzt ist er tot.«

Ich hatte Lust, ein zweites Mal zu schießen, aber auf Zak, auf sein blutverschmiertes und schweißtriefendes Gesicht, die hervorquellenden Augen, er hatte einen Steifen wie ein Esel, war völlig außer Atem und starrte fassungslos, das Brecheisen in der Hand, auf die Pistole.

»Mach keinen Scheiß …«

Die Waffe zitterte, der Geruch von Pulver und Blut reizte mich, ein zweites Mal abzudrücken.

»Mach keinen Scheiß, ich hör schon auf …«

Angst inmitten von Freude und Vergnügen, seine Augen waren wie eingetrübt, ich hörte seine schwache, zitternde Stimme kaum.

»Schieß nicht, ich sage dir …«

Ich richtete die Waffe auf den anderen Gefangenen und schoss auf diesen Körper, der sachte hin und her gependelt hatte, bis das Magazin leer war, er sich in zwei Hälften spaltete und im Herabfallen seine Innereien freigab. Dann ließ ich die Pistole sinken und übergab mich in einer Ecke des Kellers. Nach einer Minute kniete Zak noch immer in der scheußlichen Lache, in Blut und Angst gebadet, sah er mich ratlos an, begriff nichts mehr.

»Putz das weg«, brüllte ich aus Leibeskräften. Ich wirkte nicht, als würde ich zögern.

Ich ging sofort nach oben. Ich keuchte, rannte ins Freie, um Luft zu bekommen, und nachdem ich eine Minute tief durchgeatmet hatte, begann ich zu weinen. Ich wusste weder, woher die Tränen kamen, noch, welches Gefühl sie ausgelöst hatte, aber ich weinte. Salziges Wasser rann mir aus den Augen, ich schniefte, dennoch empfand ich keinerlei Trauer. Versteckt hinter einem Betonpfeiler weinte ich gut fünf Minuten lang, dann ging ich nach Hause, ohne jemandem Bescheid zu sagen, voller Scham über mich und diese kindlichen Tränen.

Beim Gang nach Hause befand ich mich in einer Art euphorischer Raserei, einer Wut, wie ich sie nie gekannt hatte, fröhlich und traurig zugleich: Ich rannte beinahe durch die Stadt, wegen der Bombardements waren die Straßen menschenleer und es begegneten einem nur Autos, die mit Dauerhupton in Höchstgeschwindigkeit vorbeirasten, oder Rettungswagen, bei denen alle Sirenen heulten. Ich rannte schneller als die Granaten, die noch vereinzelt fielen wie am Ende eines Sturms, ich rannte schneller als der Wolkenbruch und schneller als die Sonne auf ihrer fallenden, abendlichen Bahn. Vor Wut und Hass hätte ich den Erstbesten, der mir über den Weg gelaufen wäre, zur Strecke gebracht, aber es begegnete mir niemand. Die vertrauten Straßen meines Viertels beruhigten mich ein wenig, ich lief langsamer, alles war geschlossen, die Eisengitter waren heruntergelassen. Ich zögerte, ob ich in die Wohnung hinaufgehen oder weiter herumlaufen sollte, um diesen plötzlichen Energieschub vollends abzubauen. Doch ich stieg die Treppen hinauf, immer vier Stufen auf einmal, ohne außer Atem zu geraten, riss die Tür sperrangelweit auf und ließ sie krachend hinter mir ins Schloss fallen. Myrna stand mit einem Satz aus dem Badezimmer vor mir, ich hatte ihr Angst eingejagt.

»Ah, du bist es. Schon zurück? Was ist geschehen?«

Ich antwortete nichts, sah sie nur an, und sie ahnte, was meine Wut ausgelöst hatte, den einzig wahren Grund für meine Raserei.

»Was ist?«

Ich konnte nicht sprechen, ich biss die Kiefer zusammen, als sollten meine Zähne in tausend Stücke zerspringen.

»Was ist los? Was hast du denn bloß?«

In ihrer Stimme schwangen hysterische Untertöne mit. Ich

hatte die Fäuste so stark geballt, dass meine Fingernägel ins eigene Fleisch schnitten.

Myrna rannte davon, zurück ins Badezimmer, und schloss die Tür hinter sich, ich hörte, wie sie die Sandsäcke bewegte, ich drehte mich zur nächsten Wand und schlug dagegen, ich schlug auf die Zimmerwand ein, schleuderte meine Fäuste gegen den Beton, bis der Schmerz mich wachrüttelte und mir wieder die Tränen liefen, in brennenden Krämpfen hervorbrachen.

*

Ich blieb bis zum nächsten Abend in meinem Zimmer, lag niedergeschmettert, schlaflos auf dem Bett; meine Fäuste schwollen langsam an, wurden dick wie Bälle, die Fingerglieder waren blutig. Ich dachte an den Wahnsinn meiner Mutter und dass er bestimmt erblich war, dass auch ich enden würde wie ein Haustier, ohne Bewusstsein, ohne Begehren, ohne Leben; die Tränen hatten meine Augen ausgetrocknet, meine Lider waren verklebt und schleimig wie bei einem Hund. Nichts als Kriegsbilder spukten mir durch den Kopf, in manchen Momenten sah ich mich wie durch ein Zielfernrohr als Objekt meines eigenen Blicks und ich stellte mir vor, von Zak gefoltert zu werden, zerstückelt, gedemütigt, weinend wie ein Säugling jede Kontrolle über mich selbst zu verlieren, und alle diese Bilder weckten in mir das unwiderstehliche Verlangen abzudrücken, diese Kreatur aus einem Albtraum mit treffsicheren, eleganten, genau platzierten Schüssen auszulöschen, mit Kugeln, die mit der Leichtigkeit eines Vogels den Lauf verlassen, Befreiung bringen würden, ich nahm meine Stirn ins Fadenkreuz, stellte mir vor, das Geschoss durchschlüge meinen Schädelknochen und ein roter Schwall strömte heraus, der sich wie ein Phönix in die Luft schwang, die Vögel verbrannte und den Mittagshimmel in einen apokalyptischen Sonnenuntergang verwandelte; ich sah das letzte Gurgeln aus meiner nutzlosen Kehle kommen und mich erkaltet in Zaks Händen zurückbleiben, die vergeblich versuchten, mir Schmerz zuzufügen, ich kratzte zu schnell ab, spuckte meinen roten Samen des Gehängten in sein Gesicht, mein Gehirn, meine Knochen, die ihn verletzten, meine klappernden Kiefer, die aus einem bis zu den Ohren klaffenden Mund in ihr letztes verzweifeltes Lachen ausbrachen. Dann rückte Myrna an meine Stelle ins Fadenkreuz, wurde zur zitternden Zielscheibe, dem Feind ausgeliefert, der mit ihr spielte wie mit einem nackten Insekt, einem Insekt ohne Panzer, ihre braune Haut überzog sich mit blutigen Streifen, Brandmalen, ihre Brust schrie, ihr schwarzes Geschlecht öffnete sich, rosa und pochend wie eine monströse Blume, aus der rote und weiße Schluchzer tropften – ich war es, der sie folterte, der versuchte, den Schmerz aus ihr herauszupressen, damit ich ihn auf ihrem Gesicht sehen konnte; aufmerksam lauerte ich aus der Ferne auf diesen Schmerz im ruhigen Objektiv meines Zielfernrohrs, ich wollte ihn auf Myrnas Gesicht, die nichts sagte und die ich tötete, nicht aus Mitleid, sondern aus Wut, weil sie nicht wusste, wer ich war, weil sie mir nicht ihr wahres Gesicht im Visier zeigte, das wahre Gesicht eines Kindes, das litt und dem ich Schmerzen zufügte.

Ich hatte Fieber, meine Stirn brannte, kalte, flüssige Sterne rannen meinen Rücken hinab, ich presste meine Waffe unter den Bettdecken an mich, sie wärmte mich und ließ mich zu Eis erstarren, ich entspannte die Abzugsfeder, man hörte nur ein stumpfes und nutzloses Klacken, dann legte ich mein Ohr an ihren metallischen Bauch und lauschte auf die endlose Leere dieser Vorratskammer des Todes, unnützerweise zeigte der Stift am Boden des Magazins nach oben, ohne etwas anderes zu bedeuten als seine fettige, schwarze Leere. Ich wollte meinen Sinn für Explosionen, für Kugelhagel befriedigen, mein Handgelenk sollte sich heben und herabsinken wie eine Nadel, im selben Rhythmus wie das Auf und Ab des Verschlusses; vom schwarzen Auge des Gewehrlaufs hypnotisiert und vom Schrei des Pulvers zum Schweigen gebracht, sollten meine Augen ein letztes Mal die Magie des Projektils sehen, die kurze, irreale und ehrliche Flamme, die mir die Schläfe oder den Gaumen verbrennen würde.

Im Morgengrauen muss ich mit der halb zerlegten Pistole neben mir unter meiner tränennassen Decke eingeschlafen sein. Beim Aufwachen war ich traurig, auf eine mir bisher unbekannte Weise; meine Finger waren angeschwollen und schmerzten. Ich hatte zu nichts Lust, es war wie ein Anfall von Wahnsinn, ich wollte im Bett bleiben, in diesem Zimmer und wünschte mir nichts mehr als dieses friedliche und stille Alleinsein. Dennoch war mir bewusst, wie seltsam das war und dass ich wieder zur Arbeit hätte gehen müssen, doch meine psychische Kraft war restlos aufgebraucht und ich wusste, dass ich nicht einmal bis zum Ende der Straße kommen würde. Stundenlang lag ich da und betrachtete gedankenlos die Zimmerdecke, und ab und zu sagte ich mir, nun ist es so weit, du bist wie deine Mutter.

Den ganzen Tag hatte ich weder Hunger noch Durst, ich hatte kein Bedürfnis zu pinkeln noch zu schlafen, bis jemand leise an meine Tür klopfte, Myrna bestimmt, aber es löste nichts aus, ich fühlte nichts, ich antwortete nicht, ich hatte keine Lust auf irgendjemanden. Die Tür ging einen Spalt auf und ich sah sie.

»Bist du krank?«, fragte Myrna.

Ich antwortete nicht, ich hatte nichts zu sagen.

»Geht es dir nicht gut?«

Vorsichtig trat sie ein, als fürchtete sie eine Falle.

»Was ist los mit dir? Bist du den ganzen Tag im Bett geblieben?«

Ich drehte den Kopf weg, sah zur Wand, und sie ging hinaus.

Ein wenig später kam sie zurück mit einem kleinen Tisch, dann mit einem Tablett, das sie neben das Bett stellte. Sie sah die zerlegte Pistole, schob sie mit dem Fuß außer Sichtweite und ließ mich allein. Ich betrachtete das Sandwich und den Obstsaft auf dem Tablett. Ich hatte keinen Hunger, aber ich aß und trank unwillkürlich und schließlich ging es mir besser. Nach einer Weile kam sie zurück.

»Danke.«

Ich begann mich für den Zustand zu schämen, in dem sie mich gesehen hatte.

»Keine Ursache. Was ist passiert, bist du verletzt?«

»Nein. Ich hatte gestern einen schlechten Tag, das ist alles.«

»Ach? … Geht es jetzt besser?«

»Ja. Echt nett von dir, dass du …«, fügte ich hinzu.

Sie lächelte, als wollte sie sagen, ist doch normal, nicht der Rede wert, und ging hinaus.

Ich stand auf und duschte eine gute halbe Stunde, nach und nach lichteten sich die Albträume und die abstrusen Gedanken, das heiße Wasser wusch sie ab. Was hatte mich gepackt? Bestimmt hatten sich die Erschöpfung und Anspannung wie unsichtbarer Staub angesammelt, den ich eines Tages mit den Tränen hatte loswerden müssen. Ich trocknete mich ab und zog mich an. Ich wusste nicht, ob ich gleich oder erst am nächsten Tag an die Front zurückkehren sollte. Ich war desertiert, hatte mich ohne Rücksprache von der Truppe entfernt, meinen Posten verlassen, und selbst wenn mich ein Offizier unmittelbar vor dem Verhör gesehen hatte, ich war verschwunden. Es würde nicht besonders schwer wiegen, weil jeder wusste, dass ich ein außerordentlicher Scharfschütze und ein guter Kämpfer war, aber es zählte dennoch. Es konnte mir Schwierigkeiten bereiten. Mal abwarten. Besonders beunruhigte mich Zak. Ich hatte ihn gedemütigt, hätte ihn beinahe getötet, ich hatte ihn herumkommandiert wie ein Tier, ihn die ganze Scheiße der beiden Leichen wegräumen lassen. Er würde versuchen, sich zu rächen. Ich dachte kurz an das Baden vor dem Leuchtturm zurück, ich war ein wenig traurig. Schließlich hatte ich ihn verraten. Er würde versuchen, mich umzubringen, das war klar. Mal abwarten.

Allmählich wurde ich wieder müde, die Dusche war entspannend gewesen. Das war ein gutes Zeichen. Ich räumte mein Zimmer auf, wechselte die Bettwäsche, öffnete das Fenster, damit der Geruch nach Angst und Tränen verschwand. Ich holte die automatische Pistole unter dem Bett vor, setzte sie wieder zusammen und legte sie auf den Nachttisch.

Plötzlich bebte das Gebäude, ich stürzte zu Boden, und in der Sekunde, in der ich stürzte, hörte ich eine gewaltige Explosion, mein Mund war wie ausgetrocknet und die Schläfen rauschten. Das Gebäude ist getroffen worden, dachte ich, als ich halb betäubt am Boden lag. Die Scheibe in meinem Zimmer war geborsten, trotz des Klebebands war alles mit Glasscherben übersät. Eine weitere Granate explodierte in unmittelbarer Nähe, vielleicht vor dem Hauseingang, ein großes Kaliber, der Schlag hallte im Gemäuer. Ich rannte fast auf allen vieren zum Badezimmer, doch dann sah ich Myrna ohnmächtig im Wohnzimmer liegen, und meine Mutter lief, den Kopf mit den Händen haltend, atemringend umher. Auf dem Fußboden lagen Glasscherben und Bruchstücke von Mauersteinen, auf der anderen Straßenseite sah man die Wohnung gegenüber brennen. Ich trug Myrna auf meinen Armen ins Badezimmer, wieder erfolgte eine Explosion, dieses Mal etwas weiter entfernt. Dann holte ich meine Mutter, der ich fast einen Schlag verpassen musste, damit sie sich ans Ende des Flurs ziehen ließ, sie war völlig aufgelöst und hysterisch. Ich rückte die Sandsäcke zurecht, so gut ich konnte; der Flur war L-förmig, die Tür konnte nicht weggebombt werden, zumindest nicht leicht, und die Sandsäcke schützten vor Splittern, sowohl aus dem Wohnzimmer wie auch von der gegenüberliegenden Straßenseite. Bis jetzt hatten wir Glück gehabt. Meine Mutter lag in einer Ecke und stöhnte nur. Ich legte Myrna auf das Feldbett, sie zeigte keine Spuren einer Verletzung, sie atmete, vielleicht stand sie unter Schock. Doch sie zitterte nicht, nichts an ihr war auffällig, sie schien zu schlafen. Ich streichelte sanft ihr Haar und ihre Stirn. Das Bombardement hörte nicht auf, das Ziel war eindeutig unser Viertel. Ein Einschlag nach dem anderen, regelmäßig, nach Plan, eine Granate alle acht oder zehn Sekunden, rechts, links, in der Mitte – das Haus war davon erfüllt, wand sich wie etwas Lebendiges unter den Einschlägen. Ich nahm ein feuchtes Handtuch und wischte Myrna damit über das Gesicht, wir befanden uns im Halbdunkel und ich konnte ihr perfektes Gesicht ahnen; ich öffnete ihre Bluse ein wenig, die BH-Träger bildeten zwei weiße Linien in der Dunkelheit. Ich schob langsam das feuchte Handtuch zwischen ihre Brüste, dann strich ich damit über ihre Schultern, über ihren Hals. Sie kam wieder zu sich. Um sie zu beruhigen, sagte ich leise: »Alles ist gut, ich bin da.« Als wieder ein Geschoss einschlug, schrie sie auf und warf sich weinend in meine Arme wie ein Kind. Ich streichelte ihren Rücken und ihr Haar, beruhige dich, sagte ich, alles ist gut, weine nicht, es geht vorbei, es ist bald vorbei, keine Sorge, wir sind hier in Sicherheit. Sie schluchzte bei jeder Explosion und ich wusste, sie dachte an ihren Vater, an den zerstückelten und verbrannten Leichnam ihres Vaters im Laden, und ich wollte nicht, dass das Bombardement aufhörte, ich wollte, dass es für alle Zeit so blieb, sie sich vor den Granaten in meine Arme flüchtete, ihr Gesicht an meiner Schulter, ihr Haar in meinem Gesicht; ihre Tränen brannten auf meiner Brust, ich spürte ihre Wirbel, ihren vom BH unterteilten Rücken, und ich hatte Lust, sie auszuziehen, wollte sie nackt, in Tränen aufgelöst, in den Armen halten, sie sollte ganz mir gehören in dieser Nacht der Blitze.

Langsam entfernte sich das Bombardement, und je leiser die dumpfen Einschläge wurden, umso mehr beruhigte sich Myrna, sie atmete gleichmäßiger, langsamer, doch mein Herz schlug immer schneller, sie muss es in meiner Brust gehört haben wie ich, ich streichelte endlos ihr Haar, ihren Rücken, und ich küsste sie vorsichtig, fast unwillkürlich auf die Stirn. Sofort bedauerte ich meine Geste, ich wollte an der augenblicklichen Situation nichts ändern, sonst würde sie Angst bekommen und mich abweisen, sonst müsste ich ihr weh tun. Aber nein, sie bewegte sich nicht, sie lag noch immer in meinen Armen, ausgestreckt auf dem Feldbett. Schließlich schlief sie an meiner Schulter ein, ich hatte überall Krämpfe, denn ich saß schon viel zu lange in dieser unbequemen Haltung, doch das war mir gleichgültig, sie atmete ruhig und ich hatte sie, diesen Körper, den sie verlassen hatte, diese Schlafende ohne Bewusstsein für mich allein. Nach etwa einer Stunde oder auch zwei legte ich ihren Kopf behutsam auf das Feldbett, sie drehte sich sofort weg, ich hörte ihren regelmäßigen Atem. Ich streichelte sie weiter, sie war wie gezähmt, im Schlaf an meine Hand gewöhnt, ich berührte vorsichtig ihren Rücken, ihren Po, ihre Beine unter dem hochgerutschten Rock, manchmal bewegte sie sich, doch nur ganz leicht. Ich berührte sie wie ein Blinder in der Dunkelheit, ich stellte sie mir mehr vor, als dass ich sie sah, und es war eine schreckliche Qual, sie nicht auszuziehen und mich auf sie zu werfen, sie nicht küssen zu dürfen. Tausendmal spielte ich mit dem Gedanken, sie auszuziehen, doch ich wollte nicht, dass sie aufwacht. Die Einschläge hatten ganz aufgehört, an ihrer Stelle hörte man jetzt Sirenen, Schreie, Stimmen in der Nähe. Ich stand auf, schaffte die Sandsäcke zur Seite, nahm Myrna auf meine Arme, halb im Schlaf hängte sie sich an meinen Hals, und als ich hinausging, fiel Mondschein in das Zimmer, keine Ahnung woher, und ich sah, wie meine Mutter mich aus riesengroßen Eulenaugen entsetzt anstarrte.

Ich legte Myrna vorsichtig auf ihr Bett, sie öffnete die Augen. Ich fragte sie, ob sie sich besser fühle, ob sie wolle, dass ich bei ihr blieb. Sie schüttelte den Kopf. Ich küsste sie auf den Mund, ganz kurz, so lang wie die winzige, endlose Sekunde, die eine Kugel durch die Luft fliegt. Ich ging sofort hinaus, meine Muskeln verkrampften sich unkontrollierbar, in meinem Zimmer stieß ich mit dem Fuß die Glasscherben zur Seite, zog mich aus, und kaum berührte ich mein Glied, ejakulierte ich auch schon in einer langanhaltenden Explosion aller Sinne, weinte ich vor Lust und Wut. Mein Puls brauchte lange, bis er wieder seinen normalen Rhythmus fand, ich war hellwach und träumte, stellte mir vor, sie würde mich küssen, könnte nicht aufhören, mich zu küssen.

Für eine Weile nickte ich ein, und als ich wieder erwachte, spürte ich, dass die Traurigkeit langsam die Erregung ablöste, merkte, wie sich eine trübselige Stimmung in mir einnistete, schwarz wie geronnenes Blut, kalt und nutzlos wie ein Leichnam. Ich dachte an den Blick meiner Mutter, an zerrissene Leiber, an Bomben, an Zak, ich fühlte mich müde und feige, erloschen wie ein Gefangener, für den es keine Rettung mehr gibt, dem der Tod vor Augen steht.

*

Schießen ist vor allem Disziplin. Man muss sich zurückhalten, zusammennehmen, abkapseln, alles im Ziel bündeln, bis man selbst im Zielfernrohr verschwindet, um sich anschließend freizumachen, sich zu öffnen und alles an sich abtropfen zu lassen wie Wasser. Man muss einen Bezug zwischen sich und den Dingen herstellen, eine direkte Verbindung, die man Flugbahn nennt; man muss sich vorstellen, man folge ihr wie einem Weg. Man muss sich aus der Welt herausnehmen, sich Stück für Stück in den irrealen Blickwinkel des Visiers zurückziehen, bis man sich in den unendlichen Spiegelungen der Linsen verliert. Man muss die Wirklichkeit des Ziels vergessen, es als einen Zweck betrachten, als Ziellinie eines Wettlaufs. Man muss den Atem anhalten, wie die Waffe an der Schulter zurückgehalten wird, nicht zu locker, nicht zu fest, den Finger am Abzug in einer unmerklichen Bewegung leicht krümmen, sehr sanft, ohne jeden Druck, gerade so viel wie nötig, damit der Abzug betätigt wird, ohne die Waffe zu bewegen, ohne das empfindliche Kartenhaus zum Einsturz zu bringen, das man soeben errichtet hat. Man muss auf den Knall warten, ihn begleiten, darf sich nicht von ihm überraschen lassen und muss sich kurz gedulden, bevor man das Ergebnis im Zielfernrohr überprüft. Die größte Frustration für einen Schützen ist, dass er nicht vor Ort sein kann, um den Einschlag des Geschosses zu beobachten, dass er nicht wirklich die Schönheit des Schusses und die Präzision des Treffers bewundern kann. Ich bedauere immer, nicht aus der Nähe zu sehen, was meine Kugeln bewirken. Das Schießen ist wie eine sanfte Droge, man will immer mehr davon, immer schönere Treffer, immer schwierigere. Ich hatte fast aufgehört, mich an den Frontgefechten zu beteiligen, unter anderem, um nicht gezwungen zu sein, täglich Zak zu begegnen. Ich hätte fürchten müssen, dass er mir eine Kugel in den Rücken jagt. Seit der Tiefgarage war ich ihm nur einmal begegnet, er hatte zur Seite geblickt, als hätte er mich nicht gesehen. Der Gedanke an ihn machte mich ein wenig traurig, aber ich wusste, bei seinem Stolz war da nichts zu machen – er würde mich eher umbringen als meine Entschuldigung annehmen.

Ich hatte Myrna und das Schießen, mehr wollte ich nicht, oder fast nicht. Von meinem Platz auf den Dächern, die immer tiefer im feindlichen Gebiet lagen, herrschte ich über das Ende der Nacht und das Morgengrauen. Niemand konnte mich fassen, ich war unangreifbar.

Seit der Bombennacht war Myrna entspannter, sie hatte begriffen, dass ich sie beschützte und dass sie mich brauchte. Der Krieg beruhigte sich oder vielmehr, er wurde zur Routine, jeder hatte sich mehr oder weniger an die neue Ordnung der Dinge gewöhnt, auch Myrna; ich glaube, sie war glücklich bei uns. Der Zustand meiner Mutter war unverändert, wie die Ärzte sagen; ihr Wahn hatte sich gewissermaßen normalisiert. Sie verbrachte den Tag damit, nichts zu tun, still dazusitzen, ins Leere zu starren. Manchmal hatte sie so etwas wie einen Energieschub, es war wirklich komisch, sie stand auf und rannte in

che Schreie, sie beenden würde wie eine Wolke, die sich plötzlich vor die strahlende Sonne schiebt. Die Spaziergänge mit Myrna waren so anstrengend wie bestimmte Momente mitten im Gefecht, weil ich intensiv daran beteiligt war, weil ich unweigerlich alle Richtungen überwachte, aus denen die Wolken, der Sturm aufziehen konnten – nicht, dass ich so naiv gewesen wäre zu glauben, ich könnte sie aufhalten, sondern um nicht von ihnen überrascht zu werden, um sie zu kontrollieren. Mein Kopf arbeitet die ganze Zeit, bleibt immer kühl und überlegt; ich beobachte die Passanten, die Kulisse, ich analysiere. Das Schießen ist die beste Schule dafür. Man wird aufmerksam, ruhig und genau.

Doch damals schien alles gut zu laufen, alles wirkte normal und eingespielt. Nach den Spaziergängen gingen wir ein Sandwich oder Kuchen essen. Wir unterhielten uns wenig, und wenn, dann über Belanglosigkeiten, das war besser so. Nur ein oder zwei Mal sprach sie darüber, was sie im Leben vorhatte, sie wollte weggehen, emigrieren, eine Schule und eine Universität besuchen. »Wir werden vielleicht eines Tages weggehen können«, gab ich zurück. Ich sagte ihr auch, ich würde einen Weg finden, um ihr im folgenden Jahr wieder den Besuch einer Schule zu ermöglichen, und da wirkte sie plötzlich sehr glücklich. Keine Ahnung, warum ich ihr das alles sagte, sicher wollte ich ihr eine Freude damit machen. Auch ich ertappte mich manchmal dabei, zu träumen, mir auszumalen, ich wäre reich und in Amerika, mit Myrna im Arm an einem riesigen Strand, in Los Angeles zum Beispiel, an einer dieser endlosen Pazifikküsten, die man in Filmen sieht. Myrna fragte mich manchmal, was ich tun werde, wenn der Krieg zu Ende ist, ich antwortete, dass ich es nicht wisse; der Krieg war zum Dauerzustand geworden, die Welt, unser Leben, unsere Gewohnheiten hatten sich zu sehr verändert. Keine Ahnung, sagte ich zu ihr, ich denke, wir könnten emigrieren oder etwas in der Art. Ich hatte absolut keine Lust, dann wie ein Idiot zu schuften, eine Sandwichbar zu eröffnen, den ganzen Tag im Büro oder auf einer Baustelle zu verbringen wie mein Vater. Ohnehin war es zu diesem Zeitpunkt ebenso schwer, sich den Frieden vorzustellen, wie sich in Friedenszeiten den Krieg auszumalen. »Jetzt habe ich eine gute Arbeit«, sagte ich zu ihr.

Wir sprachen nie von Heirat, Mitgift oder Verlobung; ich wusste, dazu war es noch zu früh, ich musste noch zwei oder drei Jahre warten, und gegen Geld würde ihre Tante sie dann mir überlassen. Einen Augenblick erwog ich, die Tante zu töten, aber das hätte mir mehr Probleme eingebracht als zu einer Lösung beigetragen, Myrna hätte bestimmt etwas geahnt. Sie war auf alle Fälle noch zu jung, und ich musste mich gedulden. Sie war sehr schön, jeden Tag wurde sie ein wenig schöner. Ihr gebräuntes Gesicht war dunkel und zugleich leuchtete es, die Sonne verlieh ihm Tag für Tag einen anderen Ton. Ich beobachtete sie oft nachts vom Balkon aus, aber durch die Jalousien; ich weiß nicht warum, doch seit dem Bombardement wollte ich mich ihr nicht mehr nähern oder sie berühren. Die bloße Erinnerung an den Kuss, an das Streicheln, an ihre Beine und ihre Brüste war mit unerträglich. Ich wollte ihr Zimmer nicht mehr betreten, ich blieb draußen, ich beobachtete sie beim Ausziehen, beim Lesen im Bett, beim Löschen des Lichts, ich sah sie im diffusen Licht der Dunkelheit unter ihrem weißen Betttuch liegen. Wenn ich in aller Frühe, kurz vor der Morgendämmerung, das Haus verließ, öffnete ich ihre Fensterläden einen Spaltbreit, betrachtete ihre Schultern, ihre Arme; manchmal schaute ein Bein unter dem Betttuch vor. Dann nahm ich mein Fernglas und mein Blick wanderte im Dunkeln so weit wie möglich das Bein hinauf, ich sah dabei nichts, aber mein Herz begann so schnell zu schlagen, dass ich fast aus dem Haus rennen musste. Ich rannte durch die kühle Nacht zu meinem Posten.

Jeden Morgen ist es ein großes Vergnügen, hier oben über den Dächern der Stadt die Patronen ins Magazin zu stecken. Auch wenn der einzelne Schuss immer schwieriger geworden ist, die Entfernung mit jedem Mal größer, das Resultat mit jedem Mal ungewisser, die Vorbereitung bleibt immer dieselbe, reine Routine. Nach einem ersten Blick durchs Fernglas beginnt genau dann die Konzentration. Beim Anlegen des Gewehrs fühlt sich das Metall an der Wange eisig an und man riecht das Fett und das kalte Pulver vermischt mit dem Duft des anbrechenden Morgens. Damals habe ich die schwierigsten Schüsse, die schönsten Treffer gehabt, einmal traf es einen Jungen in etwa fünfzehnhundert Metern Entfernung, er war fast unsichtbar, nicht größer als eine Ameise im Zielfernrohr. Ich bin sicher, dass ich ihn getroffen habe, auch wenn ich ihn nicht fallen sah. Ein Rekord. Bestimmt fürchteten sich dort, auf der anderen Seite, alle vor mir, deshalb hatten sie mir einen Namen gegeben, den sie aus Aberglauben, aus Angst, ich könnte sie hören, nur leise aussprachen.

Ich feuerte meist eine einzige Patrone ab, und die saß; dann ging ich nach Hause, denn es war zu gefährlich, sich ohne Unterstützung länger in feindlichem Gebiet aufzuhalten. Ich überquerte die Frontlinien in Gegenrichtung und kam im Moment des Sonnenaufgangs bei unseren Vorposten an. Die Kameraden wussten, dass ich immer um diese Zeit zurückkehrte, sie ließen mich ohne Probleme passieren. Man musste auf Minen und Späher achten, aber im Morgengrauen sind die Wachposten schon sehr müde. Ich setzte mich großen Risiken aus, doch es lohnte sich. Jeden Morgen staunten die Kameraden, wenn sie mich zurückkommen sahen, und in ihre Furcht mischte sich Neid. Dann schlief ich eine oder zwei Stunden auf einem Feldbett, bevor ich je nach Bedarf in einer Nische, an einer Barrikade oder beim Kommandoposten Stellung bezog. Glücklicherweise war Zak vor Kurzem zu einer Einheit in den Bergen abkommandiert worden. Der Krieg fand mal hier, mal da statt, ohne Logik, ganz von allein; eine Woche war er auf einen Punkt konzentriert, dann fächerte er sich auf und überzog eine Zeitlang das ganze Land, bevor er sich wieder zusammenrollte und von neuem ausstreckte wie ein schlafender Hund. Es war immer dasselbe und jedes Mal anders. Manchmal kam ich um acht Uhr morgens nach Hause, hatte nachts gearbeitet und ein Ausflug ins No Man's Land beendete meinen Tag; manchmal kehrte ich um acht Uhr abends zurück. Es ist angenehm, einen Rhythmus zu haben, ein geregeltes Leben, das trotzdem nicht zur Routine wird. Ich arbeitete lieber nachts und verbrachte dann den Tag mit Myrna, doch der Tag hatte ebenfalls Vorteile.

Wenn es keine Bombardierungen gab, besuchte Myrna einmal in der Woche einen Tag lang ihre Tante. Ich begleitete sie bis zu deren Haustür und holte sie vor Einbruch der Nacht ab. Ich fand stets eine Entschuldigung, um die Einladung zum Mittagessen bei der Tante auszuschlagen, ich weiß nicht warum, aber ich hatte nie Lust darauf. Myrna hatte dort einen Cousin in ihrem Alter, ich konnte ihn nicht leiden und mochte weder die Art, wie er mit ihr sprach, noch die Spiele, die er ihr vorschlug, als wäre sie ein Kind. Als ich bei einem der ersten Besuche gezwungen war zu bleiben, hatte mir dieser Junge den letzten Nerv geraubt. Myrna schien jedoch nicht auf ihn zu achten, sie tat, als wäre er gar nicht da. In ihrer Familie war sie überhaupt schweigsam, zurückhaltend. Sie half ihrer Tante das Mittagessen zu bereiten, sie deckte den Tisch. Es war nicht schön mitanzusehen, wie sie den Befehlen dieses Weibs gehorchte, für mich war das demütigend.

Wenn Myrna dort war und ich nicht arbeitete, verbrachte ich den ganzen Tag mit meiner Mutter. Nicht, dass es für sie einen Unterschied gemacht hätte, meist kam es ihr gar nicht zu Bewusstsein, dass ich da war, aber ich freute mich, denn so sah Myrna, dass wir in gewisser Weise die Aufgaben teilten. Meine Mutter schaute stur vor sich hin und summte etwas, sie versuchte eine Fliege zu fangen, die in ihrer Nähe herumflog. Die meiste Zeit schlief sie zusammengekauert auf ihrem Bett, bestimmt wegen der Medikamente. Manchmal hatte sie einen Albtraum, sie schrie, ohne wirklich aufzuwachen, und zappelte dabei herum. Der Arzt sagte, die Medikamente verlören mit der Zeit ihre Wirkung, und wenn sie noch öfter im Schlaf schreien würde, müsse man die Dosis erhöhen. Am seltsamsten war, dass die Krankheit weder an ihrem Gesicht noch an ihrem Körper zehrte. Nur ihr Haar war etwas grau geworden, doch ihre Gesichtszüge hatten sich verjüngt, was sie wirklich schräg aussehen ließ, als hätte sie eine Perücke auf. Obwohl sie keinen Sport trieb, nahm sie nicht zu, im Gegenteil, sie war rank und schlank wie nie. Und ihre hellen Augen waren durch die Medikamente noch größer und heller geworden. Sie war blass, weil sie die Wohnung nie verließ, aber angekleidet und gekämmt hätte sie ausgehen können, ohne dass man ihren Wahn geahnt hätte, dachte ich bei mir. Nichts und niemand schien in ihr Bewusstsein zu dringen, weder Menschen noch Ereignisse in ihrer Umgebung; sie redete nur sinnloses Zeug, glaubte mal, Myrna sei ihre Tochter, mal, sie sei ihr Dienstmädchen, oder auch ihre Schwester, alle drei auf einmal;

und mich hielt sie reihum für einen Fremden oder, bestimmt wegen der Ähnlichkeit, für ihren Mann. Sie schien zwanzig Jahre zurück in die Vergangenheit gefallen zu sein. Wenn es wärmer sei, wolle sie wieder aufs Land zurückkehren, erzählte sie, sie wollte reisen, die Wohnung verlassen, man sollte ihr ein Auto und was-weiß-ich noch alles kaufen. Manchmal rief sie meinen Bruder, wiegte ihn stundenlang in den Armen wie ein unsichtbares Baby. Wahrscheinlich erinnerte sie sich nicht einmal daran, dass er weggegangen war.

Eines Tages wollte ich Myrna abholen. Der Sommer ging zu Ende, die Waffen ruhten, und während des Waffenstillstands hatte ich mehr oder weniger Fronturlaub und daher den Tag über meine Mutter gehütet. Am Morgen hatte ich Myrna zu ihrer Tante begleitet und wieder einmal die Einladung zum Mittagessen ausgeschlagen, die diese nur noch aus Gewohnheit aussprach. Myrna hatte sich ganz und gar unauffällig verhalten; am Vorabend waren wir wie immer zusammen am Meer spazieren gegangen, hatten Eis gegessen, sie hatte glücklich gewirkt. Natürlich weinte sie immer noch ab und zu, am Abend, aber immer seltener, ich glaube, die Erinnerung an den Tod ihres Vaters verblasste, wurde weniger schmerzhaft, und sie schien allmählich glücklich zu sein mit mir.

Gegen sechs Uhr wollte ich sie abholen, und als ich an der Wohnungstür klopfte, öffnete mir die Tante und tat erstaunt – ich witterte gleich, dass etwas im Busch war. Sie war dick und sehr hässlich, trug eine gelbgeblümte Kittelschürze.

»Aber … Myrna ist schon weg …«

Trotz der Überraschung verstand ich und reagierte sofort.

»Ja, ja, ich weiß, aber ich dachte, ich schaffe es vielleicht noch rechtzeitig. Ich bin auf gut Glück vorbeigekommen«, fiel ich ihr ins Wort.

»Ach, schade, aber Sie haben sie knapp verpasst, sie ist vor einer halben Stunde fortgegangen.«

»Macht nichts, dann treffe ich sie zu Hause. Danke. Auf Wiedersehen, Madame.«

Und dann ging ich, als wäre nichts gewesen, als ob ich vollkommen ruhig wäre, doch sobald sie die Tür hinter sich geschlossen hatte, rannte ich los und nahm vier Stufen auf einmal. Myrna war schon fort, sie hatte nicht auf mich gewartet, obwohl sie wusste, dass ich kommen würde, sie hatte ihrer Tante ein Märchen erzählt. Zum Glück hatte ich geistesgegenwärtig reagiert, zumindest hatte die Alte nichts gemerkt. Vielleicht ist sie nach Hause gegangen, dachte ich. Doch um nach Hause zu gehen, hätte sie auf mich gewartet.

Ich konnte keinen klaren Gedanken fassen. Was war in sie gefahren? Das Einfachste war, ebenfalls nach Hause zu gehen und auf sie zu warten. Sie war allein, weit konnte sie nicht gegangen sein. Vielleicht zum Lebensmittelhändler … aber nein, der war zu feige, zu ängstlich für solche Geschichten. Ich war überrascht und verärgert. Ich machte mich auf den Heimweg und erwog tausenderlei Möglichkeiten, was um Himmels willen hätte sie tun können? Sie musste nach Hause gehen. Es war Krieg, sie konnte sonst nirgendwo hin. Es genügte zu warten.

Zu Hause wanderte ich ein oder zwei Stunden lang durch die Wohnung, bis es dunkel wurde, Myrna war noch immer nicht da. Ich durchsuchte ihr Zimmer, fand nichts Besonderes, keinen Hinweis, kein Koffer, nichts fehlte. Alle ihre Kleider waren noch da. Aus Wut zerriss ich ihre Fotos und warf alle ihre Sachen auf den Boden. Das beruhigte mich ein wenig, danach setzte ich mich auf den Balkon, um nachzudenken. Irgendetwas stimmte nicht. Erstens konnte Myrna nicht ganz allein fortgehen. Ein junges Mädchen kommt allein nicht weit.

Besonders wenn es Nacht wird, sie konnte ja nicht im Dunkeln durch die Straßen irren. Sie hatte also jemanden bei sich, und bestimmt war sie irgendwo untergekommen, in einem Haus, einer Wohnung. Bei wem? Wen hätte sie treffen können, zu wem hätte sie gehen können? Mir fiel wieder der Lebensmittelhändler ein. Vielleicht. Wenn sie unangekündigt bei ihm aufgekreuzt war, hatte er vielleicht seine Angst und seine Feigheit vergessen, doch das war unwahrscheinlich. Plötzlich fiel mir ein, sie könnte einen Unfall gehabt haben, sie könnte bei ihrer Tante aufgebrochen sein mit der Absicht heimzukehren, und es war ihr vielleicht auf der Straße etwas zugestoßen. Ich nahm meine Waffe, schlüpfte in meinen Kampfanzug und rannte zum Militärposten, um einen Jeep aufzutreiben und jemanden, der mich begleitete. Ein Unfall war die logischste Erklärung. Ich brauchte nur die Krankenhäuser mit ihrem Foto abzuklappern. Auf der Straße hatte ich mich wieder im Griff. Die Wut war ein wenig verflogen.

Am Militärposten erklärte ich dem wachhabenden Offizier, dass das Mädchen, das bei mir wohnte, verschwunden sei und dass ich sie finden müsse, er beruhigte mich und lieh mir ohne Umstände einen Jeep mit einem Fahrer, zumal alles sehr ruhig war. Es war eine schöne Nacht, warm und sternenklar, die Luft, die eine leichte Brise vom Meer heranwehte, schmeckte salzig. Wir machten die Runde durch die Stadt, beginnend im Viertel von Myrnas Tante. Jedes Mal, wenn wir an eine Straßensperre kamen, zeigten wir ihnen ihr Foto, was mich ein wenig beunruhigte, denn so würde die ganze Stadt erfahren, dass ich sie suchte und sie verschwunden war. Nach zwei Stunden und drei Krankenhäusern hatten wir noch immer keine Fährte, keine Spur von Myrna, die sich anscheinend in Luft aufgelöst hatte, mit dem Abendwind davongeflogen war. Langsam wurde ich wirklich nervös, ich fühlte eine kalte und dumpfe Wut in mir aufsteigen, eine gewaltige Traurigkeit, denn sie brauchte mich vielleicht, und ich fand sie nicht. Gegen Mitternacht hatten wir alle Krankenhäuser des Sektors abgeklappert und alle Straßensperren befragt, niemand hatte sie gesehen. Vor Zorn stand mir der kalte Schweiß auf der Stirn, jetzt war sicher, dass sie abgehauen war, ich hatte Gewissheit. Ich bat den Fahrer, mich bei mir abzusetzen und selbst nach Hause zu fahren und zu schlafen. Myrna konnte nicht weit weg sein. Ihr Duft lag in der feuchten und warmen Luft, ich spürte geradezu ihre Nähe.

Der Fahrer ließ mich an der Straßenecke aussteigen, ich ging zu Fuß bis zum Lebensmittelladen. Ich schaute am Haus hinauf zur dritten Etage, dort wohnte der Lebensmittelhändler, doch es brannte kein Licht. Ein paar Schritte weiter war ich zu Hause. Die Wohnung war dunkel, nur meine Mutter war da und schlief auf ihrem Bett. Ich musste Myrna wiederfinden. Ich setzte mich auf den Balkon, um noch einmal nachzudenken. Ich dachte und dachte, malte mir Pläne und Racheakte aus, wälzte das Problem stundenlang hin und her, und schließlich ging mir ein Licht auf, klar wie ein Blitz. Sie konnte nicht nirgends sein. Sie hat keinen Ort, an den sie gehen konnte. Sie war also gar nicht fortgegangen. Sie war bei ihrer Tante geblieben. Das war die einzige Lösung. Die Tante hatte nicht gewollt, dass sie zurückging, deshalb hat sie mir diese Lüge aufgetischt und behauptet, sie sei schon weggegangen, vielleicht, um sie in ihr Dorf in den Bergen zu verfrachten, oder aus weiß Gott welchem Grund auch immer. Je mehr ich darüber nachdachte, desto mehr begriff ich, weshalb die Alte so verärgert gewirkt hatte, als sie mir die Tür öffnete. Vor allem aber hatte Myrna gar keinen Grund zur Flucht.

Ich musste es überprüfen und einen Weg finden, sie zurückzuholen. Mein Kopf ratterte dermaßen, dass ich meine Waffe zwanzig Mal fieberhaft auseinander- und zusammenbaute, bevor ich mich beruhigte; drei Kugeln für die Tante, ebenso viele für den Cousin, aus nächster Nähe, mitten ins Gesicht, dachte ich, sie sollten vor Angst weinen und sich vollpissen, sich winden und erstarren, bevor ihr Kopf explodieren und weggepustet würde, und ich wollte, dass Myrna dabei wäre, damit sie sah, wozu ich für sie in der Lage war, wie ich alle bestrafen würde, die ihr Leid zufügten und uns auseinanderbringen wollten.

Gegen neun Uhr früh war ich bereit, ruhig und leistungsfähig, abgesehen von ein paar Zuckungen in den Waden, wie kleine Krämpfe, keine Ahnung warum, bestimmt wegen der durchwachten Nacht und der Aufregung. Von dieser Kleinigkeit abgesehen, war ich in Form, ich aß ein Sandwich, gab auch meiner Mutter etwas zu essen – das hatte ich am Vorabend vergessen – und machte mich auf den Weg.

Mein Plan war gut, ich hatte ihn gründlich durchdacht. Ich schaute beim Militärposten vorbei, damit mich jemand begleitete, dem ich vertraute, ein Kämpfer, den ich seit langem kannte. Einen Augenblick bedauerte ich, dass es nicht Zak war, er wäre perfekt für diese Art Mission gewesen, ich hätte ihm alles erklären können und er hätte es verstanden. Ich sagte dem Typen, er solle zwei Sturmgewehre nehmen und draußen auf mich warten. Dann erklärte ich dem Offizier, dass ich diesen Morgen den Jeep brauchte, er war mit Papieren beschäftigt, ja, ja, wie du willst, bedeutete er mir, ohne aufzublicken. Ich steckte dem Typen, der die Fahrzeuge verwaltete, zwanzig Dollar zu, damit er mir einen Einsatzbefehl ausstellte, mit dem ich gegebenenfalls die Stadt verlassen konnte, vor allem aber, damit er keine Fragen stellte. Ich holte den anderen mit seinen zwei Gewehren ab und befahl ihm, sich ans Steuer zu setzen, damit klar war, wer das Kommando hatte. Er nickte, ja, gut, ohne ein Wort mehr zu verlieren.

Bis dahin lief alles wie am Schnürchen. Wegen der Gefechtspause war es ruhig, keiner achtete darauf, was der andere tat. Die Straßensperren interessierten sich kaum für uns. Da jeder die Waffenruhe nutzte, um hinauszugelangen, brauchten wir wegen der Staus eine gute Stunde für die Fahrt durch die Stadt. Ich hatte dem Typen nichts gesagt, nur dass wir eine Besorgung machen würden, die schlecht verlaufen könnte.

Als wir bei der Tante ankamen, bat ich ihn, unten zu warten und erst zu kommen, wenn ich ihn riefe. Ich nahm eine Waffe, hängte sie an den Schulterriemen und stieg die Treppe hoch. Um noch mehr Eindruck auf sie zu machen, trug ich volle Kampfmontur. Sie sollten sehen, dass wir Kämpfer das Gesetz waren und sie verurteilt hatten. Dass sie einen schweren Fehler begangen hatten und es mit mir, meinem Kameraden und seinem Gewehrkolben zu tun bekämen, wenn sie Myrna daran hindern wollten, zu mir zurückzukommen. Zuckerbrot und Peitsche zieht bei Schwächlingen am besten.

Oben klopfte ich sehr energisch bei ihnen an. Keine Antwort. Die Tür war mit einer großen Kette und einem Vorhängeschloss gesichert. Gut, sie waren weg, aber ich war auf diesen Fall vorbereitet. Ich klopfte bei der Nachbarin unter ihnen, die sofort öffnete.

»Wissen Sie, ob die Nachbarn über Ihnen …«

»Ja?«

»Ob sie weggefahren sind?«

»Ja, vorhin, im Morgengrauen, warum?«

»Wissen Sie, wohin sie gefahren sind?«

»Ja, ins Dorf, das ist …«

»Ich weiß, wo es ist. Waren sie allein, eine Frau und ihr Sohn?«

»Nein, ihre Cousine hat sie begleitet, ich weiß es, weil wir uns gestern Abend kurz unterhalten haben. Warum? Was ist los?«

»Nichts, das Sie etwas angeht.«

Ich kehrte schnell zum Auto zurück. Sie waren also ins Gebirge gefahren. Ihr Vorsprung betrug drei oder vier Stunden, doch mit den Straßensperren und all den Leuten unterwegs würden sie bestimmt jetzt erst ankommen. Hier zögerte ich kurz. Einerseits wusste ich, dass Myrna dort war, doch in einem Dorf würde meine Macht enden; wenn ich dort etwas unternähme, um sie mit Gewalt zurückzubringen, würden ihr alle beistehen. Mein Mut sank. Mehr denn je wollte ich mich an dieser Tante und an Myrna rächen. Langsam glaubte ich, dass man sie gar nicht mit Gewalt entführt hatte, und diese Vorstellung versetzte mich in schreckliche Wut. Sie würde schon sehen.

Wieder beim Jeep, sagte ich dem Typen, ohne weiter nachzudenken, die Sache sei erledigt. Ich gab ihm den Auftrag, Jeep und Waffen zurückzubringen, und ging zu Fuß nach Hause, eine Dreiviertelstunde Fußweg, es war heiß und die Sonne war wie eine Wolke lästiger Insekten. Das Meer strahlte, ich konnte es nicht ansehen. Etwas in meinen Augen brannte: Ich schwitzte in meiner Kampfjacke. Ich durchquerte Viertel, in denen die Straßen wimmelten von Menschen und ballspielenden Kindern. Am liebsten hätte ich mein Gewehr geschnappt, wäre auf das erstbeste Dach gestiegen und hätte diesem Treiben ein Ende gesetzt; gern wäre ich ins Gebirge gefahren, um Myrna aufzulauern und sie abzuknallen, sobald sie aus dem Haus kam, oder ihr ins Bein oder in den Arm zu schießen, damit sie begriff, dass sie zurückkehren musste, weil ich sie sonst töten würde, sie, ihre Familie, wenn nötig, die ganze Welt. Je länger ich unterwegs war, desto schwerer wurden meine Beine, meine rechte Wade zuckte, als kämpfte sich eine kleine Schlange durch die Haut. Ich war durstig, die Straßen waren staubig und von hupenden Autos verstopft, meine Ohren begannen zu surren, als wollten sie mit ihrem eigenen unerträglichen Lärm zu dieser scheußlichen Mixtur aus Krach, Staub, Hitze und Abgasen beitragen. Ich rannte los, um der Stadt und der Angst zu entkommen, die mich packte, ich wollte zurück ins Gefecht, zu meiner Waffe, auf die Dächer, ich stellte mir vor, eine Bombe würde die Passanten zerreißen, eine Granate den Krieg in diese Straßen zurückbringen und diese ganze beschissene Ruhe hinwegfegen.

Irgendwie kam ich vor dem Haus an, stieg die Treppe hoch, schloss die Wohnungstür hinter mir, schlüpfte aus meiner Kampfjacke, meinem Hemd und legte mich erschöpft mit nacktem Oberkörper auf mein Bett. Das Zucken in meiner Wade wurde stärker, und plötzlich entwickelte sich daraus ein schrecklicher, furchtbarer, unerträglicher Krampf im ganzen Muskel. Ich schrie und versuchte, das Bein so gut es ging zu strecken, es schmerzte ungeheuer, ich hatte Tränen in den Augen, fiel aus dem Bett. Es gelang mir, aufzustehen und meine Wade zu lockern; den Fuß aufzustellen war die reinste Tortur. Mein Herz raste zum Zerspringen, unwillkürlich ballte ich die Fäuste, ich konnte mich nicht auf den Beinen halten, sah nichts mehr und hörte wie im Traum plötzlich meine Mutter schreien. Ihr Heulen rüttelte mich wach, voller Zorn und erbitterter Wut rappelte ich mich auf – der Schmerz war wie weggeblasen, alles war wie weggeblasen, ich war nur noch

Entrüstung und wusste, dass ich sie zum Schweigen bringen musste, dass sie schrie, damit ich sie zum Schweigen brachte, weil sie mit ihrem Geschrei und ihrem Wahn Myrna vertrieben hatte, die es nicht mehr ertragen hatte, den ganzen Tag meine Mutter zu sehen und zu hören, und die geflohen war, weil sie genug davon hatte, diese Irre um sich zu haben, ich rannte also in ihr Zimmer, sie lag auf ihrem Bett, die Augen weit aufgesperrt, die Arme ausgestreckt, die Fäuste geballt, den Mund weit aufgerissen, sie heulte aus vollem Hals, ich rannte zu ihr, brüllte selbst, wirst du endlich aufhören, wirst du ein für alle Mal aufhören, und ich schlug zu, schlug, schlug und brüllte dabei, sie solle still sein, bis ihre Schreie zum Fauchen einer verletzten Katze wurden und ich ihren starr auf mich gerichteten Blick sah, wie eine Richterin, eine Eule, die Lippen zu einem Lächeln voller Blut verzogen, einem stillen und schmerzvollen Schrei. Ich stieß sie gegen die Wand, lief aus dem Zimmer, vom Balkon flutete das unerträgliche Sonnenlicht herein, ich ging nach draußen, setzte mich halbnackt hin und starrte in die Sonne, bis mir die Augen brannten und ich davon weinte.

*

Den Tag verbrachte ich hin- und hergerissen zwischen Wut und kalten Racheplänen. Ich zermarterte mir den Kopf darüber, wie ich Myrna aus dem abgeschiedenen Dorf holen könnte, aber ich hatte keine rechte Idee. Ich musste warten, bis jemand zurückkommen würde, sei es der Cousin oder die Tante. Ich hätte einfach dort hinfahren und um eine Erklärung bitten können, aber das war zu demütigend. Sie mit Gewalt zurückzuholen war zu kompliziert, selbst wenn es mir mühelos gelungen wäre, Kameraden zu finden, die mich begleitet hätten. Lange dachte ich an Zak, hätte gerne mit ihm gesprochen, ihm alles erzählt, er hätte vielleicht eine Lösung gefunden, zumindest hätte er mich ins Gebirge begleitet, um sie zu holen, da war ich mir sicher. Doch ich konnte ihm meine Niederlage nicht eingestehen, ich konnte niemandem erklären, dass ich mich auf diese Weise von einem Kind hatte übertölpeln lassen. Außerdem hatte ich ihn seit Monaten nicht gesehen, er war irgendwo im Süden bei den regulären Truppen stationiert. Mir wurde klar, dass er mir trotz allem fehlte, trotz der Geschichte in der Tiefgarage, trotz Myrna, und dass ich für meine Dummheit und meinen Stolz bezahlen musste. Bei Zak hatte ich einen Fehler nach dem anderen gemacht. Und einen wertvollen Verbündeten verloren. Ich brachte den Nachmittag damit zu, mich an den Spaß, den wir hatten, an den Beginn der Kämpfe zu erinnern, alles schien so lange her zu sein.

Später merkte ich, dass ich seit zwei Tagen vergessen hatte, meiner Mutter ihre Medikamente zu geben. Bestimmt hatte sie deshalb geschrien. Ich ging in ihr Zimmer, um nach ihr zu sehen, sie saß noch immer auf ihrem Bett und stöhnte. Gesicht und Brust waren blutverkrustet, Nase und Lippen geschwollen, sie sah grotesk aus. Nachdem ich ihr Gesicht mit einem Handtuch gesäubert hatte, gab ich ihr ihre Pillen und Tropfen. Sie begann, lauter zu stöhnen, als ich zu ihr trat, aber sie beruhigte sich, als sie das feuchte Handtuch spürte. Ihr bloßer Anblick machte mich wütend.

Ich versuchte, mich zu beruhigen, indem ich den Fernseher anschaltete, aber so ohnmächtig, wie ich mich fühlte, so frustriert, wie ich war, konnte ich dem Film nicht folgen, deshalb ging ich spazieren. Mein Bein schmerzte, ich hatte Muskelkater. Dennoch ging ich bis zum Meer, und auf dem Rückweg schaute ich beim Kommandoposten vorbei, um zu erfahren, ob sich irgendwo etwas anbahnte, aber alles war sehr ruhig. Die Kameraden spielten friedlich Karten.

Es wurde dunkel und ich überlegte, ob ich für ein paar Stunden mein Gewehr nehmen sollte, aber ich war zu müde und aufgeregt, ich hätte nichts zustande gebracht. Ebenso gut konnte ich schlafen gehen.

Das Einschlafen fiel mir schwer. Ich wälzte wieder die Sache mit Myrnas Flucht, versuchte die Gründe zu verstehen. Klar war, dass ihr jemand diese Idee in den Kopf gepflanzt hatte, denn sie war hier vollkommen glücklich; andererseits wirkte ihre Tante nicht übermäßig besorgt um ihre Nichte, ihr einziges Interesse war das Geld, das sie ihr jede Woche brachte. Vielleicht hatte ihr Cousin, dieser Dummkopf, mit ihr über das Dorf gesprochen. Ich fragte mich, ob Myrna noch andere Verwandte dort hatte, vielleicht war jemand aus der Familie ihres Vaters übrig geblieben. Möglich, dass jemand aus dem Dorf den Wunsch an sie herangetragen hatte, sie zu sehen und eine Zeitlang zu beherbergen. Doch wie man mich dabei behandelt hatte, war demütigend. Wie ein Kind. Diese Gedanken schürten meine Wut, es machte mich rasend, dass ich mich so leicht hatte an der Nase herumführen lassen, dass ich zu spät reagiert hatte und an dem Abend nicht gleich wieder mit Jeep und Fahrer bei der Tante aufgekreuzt war. Leider musste ich zugeben, dass ihr Plan gut überlegt war. Ich war mir sicher, nur Myrna hatte vorhersehen können, wie ich in einem solchen Fall reagieren würde, nur sie konnte wissen, dass ich aus Stolz so tun würde, als wäre nichts geschehen, und mich sofort auf eigene Faust auf die Suche nach ihr machen würde. Die Wut darüber raubte mir den Verstand; sie hatte mich verraten, mich reingelegt. Ich war auch wütend auf mich selbst, weil ich keine Vorsichtsmaßnahmen ergriffen hatte, um Myrna vor sich selbst und ihrer Familie zu schützen. Jetzt hieß es realistisch sein. Ich hatte einen Fehler gemacht, aber sie konnte nicht bis in alle Ewigkeit in diesem Dorf bleiben. Über kurz oder lang musste jemand zurückkommen. Ich brauchte nur zu warten. Hoffen, dass der Krieg schnell wieder losbrach, damit ich in meinen normalen Trott zurückkehren und auf sie warten konnte.

*

Sie hat die Augen weit aufgerissen und sieht mich doch nicht. Sie ahnt kaum, wer ich bin, vielleicht bin ich für sie ein ominöser Gott, der nichts als Schläge austeilt, und wer weiß, ob der Schmerz für sie wirklich existiert. Mir kommt es so vor, als wäre sie verschüttet oder in einem Käfig eingeschlossen. Manchmal würde ich gern mit ihr sprechen. Als wüsste ich es nicht besser. Manchmal schüttele ich sie verzweifelt, um sie zu sich zurückzuholen, oder ich streichle sie zärtlich, suche nach meiner Kinderstimme, um mit ihr zu sprechen, wie ich es früher konnte, ich kann mich kaum erinnern, sie hat sich Schritt für Schritt aus meinem Leben gestohlen. Ihre Welt verschließt sich mir. Myrna ist weit fort und meine Mutter ist hart und düster wie ein Saphir. Als wir Kinder waren, ging sie mit uns zum Spielen in den Park und ich wollte immer in ihrer Nähe sein, ich wollte nicht, dass sie mich mit diesem Bruder allein ließ, der mich mit Sand bewarf und mich zum Spaß erschreckte, ebenso wenig wie ich in die Schule wollte, ich begann zu weinen und mit den Füßen aufzustampfen, ich klammerte mich an sie, sie musste mich ermahnen, beruhige dich, beruhige dich, du machst uns Schande, sei ein Mann, und da alles nichts nützte, drohte sie mir mit meinem Vater, und die Erinnerung an seine harte Hand, seine Schläge und seinen Bart gab mir den Schubs weg von ihr, und so kommen wir im Rückwärtsgang hinaus in die Welt, das ist normal. Jetzt bin ich es, der versucht, sie zur Rückkehr zu bewegen, sie will nicht, hat vielleicht zu viel Angst, doch wovor kann sie sich so sehr fürchten, frage ich mich. Ihre Schreie in der Nacht sind grauenhafte, in den Schlaf gestoßene Messer, sie begegnet etwas Entsetzlichem, das tief in ihr steckt, vielleicht ebenfalls in den Tiefen ihrer Kindheit, wer weiß, einem Augenblick, einem Mangel oder einer Verletzung, die auf dem Grund ihres Bewusstseins moderte und angeschwollen ist, bis sie besiegt war, es gibt solche Erinnerungen, diese Art Riss, und wer erklärt mir, könnte ich fragen, wer erklärt mir jetzt, da sie schweigt, meine Verletzungen. Auch die Waffen schwiegen. Irgendwann kommt immer der Punkt, an dem sie schweigen. Damals wusste ich nichts davon, die Zeit verging, ich erinnere mich nicht mehr genau an diese Zeit, aber kurz nach Myrnas Flucht ging der Krieg wieder seinen normalen Gang.

Man spürte, dass sich der Waffenstillstand allmählich erschöpfte, nach und nach sah man, wie sich die Kämpfer aufs Neue vorbereiteten, es kam immer häufiger zu Zwischenfällen. Ich hatte die häusliche Routine satt, die endlosen Bereitschaftsdienste, in denen es nichts zu tun gab. Nach Myrnas Fortgang hatte ich um meine Versetzung zu einem Stoßtrupp gebeten, zu Kommandos, in denen ich einen richtigen Platz als Scharfschütze hatte, um meine Langeweile ein wenig zu betäuben – doch abgesehen von ein paar idiotischen Trainingseinheiten, in denen wir rannten und über Hindernisse sprangen, verbrachten wir unsere Zeit mit Kartenspielen, zumindest

einer Art Trance kreuz und quer durch die Wohnung wie ein ferngesteuerter Besen, um Myrna beim Putzen oder Aufräumen zu helfen.

Im Viertel war es ebenfalls ruhig. Der Lebensmittelhändler ging mir aus dem Weg. Jedes Mal, wenn ich seinen Laden betrat, roch ich seine Angst. Ich hatte die Sache nicht vergessen, ich wartete nur auf eine günstige Gelegenheit, um ihm die Lust auszutreiben, sich in meine Angelegenheiten einzumischen. Er fragte mich nie nach Myrna, beschränkte das Gespräch auf Belanglosigkeiten.

Je mehr Zeit verging, desto mehr sahen meine Kameraden, überhaupt alle, zu mir auf wie zu einem Standbild, mit Furcht und Respekt, ein wenig wie zu einem Vorgesetzten. Ich war sehr zufrieden über die Anerkennung meiner Begabung und meiner Fähigkeiten. Trotz meiner Jugend schätzte man mich, beneidete mich sogar. Regelmäßig führte ich Myrna spazieren und hakte mich bei ihr unter, so dass es alle sehen konnten und alle wussten, dass sie mir gehörte, auch wenn wir weder verlobt noch sonst was waren. Myrna ließ es brav zu, weil auch sie mich respektierte; vielleicht fürchtete sie sich zugleich vor mir, und ich mochte dieses Gefühl. Wir gingen oft ans Meer, ein oder zwei Mal die Woche, wenn das Wetter schön war; dann saßen wir lange auf den Felsen und sahen den Wellen und den Anglern zu. Manchmal schien alles so still zu sein, dass man sich vorstellen konnte, wir wären nicht im Krieg und ein normales Paar, das sonntags spazieren ging. Mir gefiel diese Illusion, dieses Trugbild sehr. In den kurzen Augenblicken der Waffenruhe bebte die Stadt vor Leben, als wäre sie aufgeladen durch die Kämpfe und die Bombardierungen, weil die Gefahr Gründe lieferte, diese Ruhe zu schätzen, von der man nie wusste, wie lange sie dauern und was, welche Explosion oder wel-

diejenigen, denen das Spaß machte. Ich kam jeden Abend nach Hause, wo ich meine Mutter so vorfand, wie ich sie verlassen hatte, ruhiggestellt von ihren Medikamenten – ich hatte eigenmächtig die Dosen erhöht, wie der Arzt gesagt hatte, damit sie zu schreien aufhörte. Ein oder zwei Mal hatte sie Myrna gerufen und überall in der Wohnung nach ihr gesucht, wie man ein Kind oder ein Haustier sucht, das sich versteckt – es war unerträglich und ich war wieder gezwungen, sie zu schlagen, damit sie aufhörte, man konnte ihr nichts begreiflich machen. Ich musste eine Zeitlang mit dem Schießen aufhören, denn theoretisch befanden wir uns im Frieden, und ich hätte Schwierigkeiten bekommen können. Nur gegen Ende des Waffenstillstands, als die Lage wieder angespannt war, schoss ich einmal am hellen Tag auf junge Mädchen, die aus einem Gymnasium kamen. Drei schöne Patronen, über die in allen Zeitungen gesprochen wurde. Ich dachte nicht ausdrücklich an Myrna, als ich den Abzug drückte, aber ich hätte viel dafür gegeben, wenn sie an ihrer Stelle im Visier gewesen wäre, wenn ich sie von oben bis unten hätte mustern können, bevor ich entschied, worauf ich zielen wollte, auf den Bauch, unter der Schulter in die Brust oder mitten ins Gesicht, als schösse ich ein letztes Foto. Vor allem hätte ich gewollt, dass sie es wusste, dass sie gewarnt war und (eine halbe Sekunde, eine Sekunde bevor die Kugel sie traf) begriff, dass ich sie gerade anvisierte. Für diesen Augenblick hätte ich mir gewünscht, sie würde den Druck meiner Blicke spüren, dass meine Augen eine besondere Verbindung zu ihr aufnehmen würden, so intensiv, dass sie mich, kurz bevor die Kugel sie träfe, erkennen würde. Dass sie denken würde, »ich hätte es nicht tun sollen«, und ein Bedauern in ihrem Blick läge.

Doch ich kann die Dinge auseinanderhalten und bewahrte

beim Schießen einen kühlen Kopf, ließ es nicht zu, dass sich Myrnas Bild vor das Ziel schob. Im Gegenteil, dieser Kampf gegen mich selbst spornte mich an, vielleicht habe ich dieses Mädchen ausgewählt, um mich selbst auf die Probe zu stellen.

Im Hauptquartier wusste vermutlich jeder, dass ich für die Schüsse verantwortlich war, aber niemand machte eine Bemerkung darüber – alle waren viel zu froh, dass es einen neuen Zwischenfall gab und der Krieg bald weitergehen würde. Man spürte es, man bereitete sich täglich mehr darauf vor; wir wussten nur nicht, wo und wann es wieder losgehen würde.

Wir mussten nicht lange warten, ein paar Tage später schickte man Stoßtrupps in den Süden, weil die Schweine von der Gegenseite eines unserer Dörfer eingenommen und ein Massaker verübt hatten und wir wieder in den Krieg eintraten, um uns zu rächen. Wir brachen nachts auf, die Bombardierungen gingen schon wieder los, ich hatte kaum Zeit, zu Hause vorbeizugehen und einmal mehr nach dem alten Ritual das Wasser abzustellen, die Gasflaschen zuzudrehen, einen Vorrat an Lebensmitteln und Medikamenten zurückzulassen. Ich sagte der Nachbarin Bescheid wie früher Myrna und übergab ihr den Schlüssel für den Fall, dass ich länger weg sein sollte. Seufzend nahm sie ihn entgegen.

Wir machten uns auf den Weg, froh wie kleine Jungs, die zu ihrem Spiel zurückkehrten. Mit Lastwagen fuhren wir bis zu einem Dorf im Süden, das von uns gehalten wurde. Es gab Panzer und Artillerie, wir kamen mitten in der Nacht an, gegen zwei Uhr morgens, unter vollem Geschützfeuer. Unser Stützpunkt befand sich im Tal unterhalb einer Bergflanke, etwa zwei Kilometer oberhalb davon lag das Dorf, das wir zurückerobern sollten. Die Panzer und Geschütze waren alle auf die Anhöhe ausgerichtet und nahmen sie ununterbrochen unter Beschuss;

auf dem Hügel brannten Bäume und sicher auch Häuser. Man erklärte uns unsere Mission: Während eine andere Gruppe aus der Talsohle angreifen würde, sollten wir neben der Straße, im Wald hinaufsteigen, um das Dorf von der Flanke aus zu attackieren und einen Brückenkopf in den Häusern zu errichten, die am nächsten an unseren Stellungen lagen. Man zeigte uns die Karte, man erklärte uns, wo sich die Verteidigungsstellungen befanden – sie hatten fast nichts, ihre Logistik war noch nicht bereit –, sie einzunehmen sei ein Kinderspiel. Sie waren vom Morgen bis in die Nacht beschossen worden, es war anzunehmen, dass sie nicht mehr viel entgegenzusetzen hatten. Ich erkundigte mich, ob sie Artillerie oder Panzer hatten wie wir – der Offizier verneinte das, sie hätten noch keine Verstärkung erhalten. Wenn sie so organisiert waren wie wir, dachte ich, musste ihre Verstärkung jede Minute eintreffen, und dann würde es keineswegs so leicht sein. Wir machten uns fertig, jeweils zu zweit, so hatten wir es gelernt. Ich nahm mein Gewehr, der Typ, mit dem ich ein Kommando bildete, hatte einen Granatwerfer, wir waren das, was man »Richtschützen« nennt. Wir hatten uns das Gesicht grün angemalt und dunkle Kampfanzüge angezogen. Für mich war das alles Kino, um den Soldaten in eine Spannung zu versetzen, die größer war, als es die Wirklichkeit erforderte, aber gut. Punkt halb vier gingen wir los und folgten in der Deckung des Waldes dem Straßenverlauf, es war finster wie in einem Ofen. Solange wir auf der Straße waren, konnte man noch ein wenig sehen, unter den Bäumen nichts mehr. In der Theorie hielten wir beim Vorrücken einen Abstand von ungefähr zwanzig Metern zueinander, doch in der Praxis war jeder unsichtbar, sobald er im Gebüsch verschwand. Man hörte nur die erstickten Flüche der Kameraden, die in Dornen gerieten. Die ersten zehn Meter rückten wir versetzt rechts der Straße vor. Doch je steiler der Hang wurde, desto mehr musste man im Gelände im Zickzack gehen. Es wurde sehr schnell unübersichtlich. Überall in der Finsternis, zwischen den Bäumen, dem Hang und dem Dickicht suchten Kommandos den Kameraden, der ihnen vorausgehen sollte, und flüsterten: »He, XY, he, Junge, bist du das?« Man hörte übrigens keine Geschütze mehr, sie schwiegen, zweifellos damit die andere Gruppe, die das Tal hinaufgehen musste, ihren Angriff starten konnte. Wir mussten diesen verdammten Hang hinauf. Der Boden war sandig und völlig ausgetrocknet, manchmal kam der Fels hervor. Je länger wir uns durchs Gebüsch schlugen, umso mehr fragten wir uns, warum wir nicht einfach auf der Straße marschierten, denn sie war schmal und die Nacht sehr dunkel, mondlos. Wahrscheinlich sah es mehr nach einem Stoßtrupp aus, wenn man mühsam im Wald herumkraxelte. Mein Gewehr mit seinem langen Lauf war unpraktisch bei der Kletterei. Zuletzt entschieden wir, den kürzesten Weg zu nehmen, senkrecht hochzusteigen und nicht den Straßenwindungen zu folgen, sondern sie abzuschneiden. Es war härter, aber man blieb zusammen und würde vielleicht eine oder zwei Stunden Zeit gewinnen. Wir waren bereits eine gute Stunde unterwegs und erst einige hundert Meter weit gekommen. Vor Tagesanbruch mussten wir oben sein, sonst würde man uns, wenn wir aus dem Wald kamen, abknallen wie die Hasen. Wir informierten die beiden Typen, die uns folgten, und begannen unseren Aufstieg. Wenn wir die Straße kreuzen mussten, rannten wir jedes Mal. Der Hang war wirklich sehr steil, unsere Ausrüstung brachte uns schwer ins Schwitzen. Wir dachten an den Kameraden, der sich mit dem Maschinengewehr abschleppte, er würde nie oben ankommen. Nach einem zweistündigen, stumpfsinnigen Aufstieg erreichten wir den

Gipfel, ohne es zu bemerken. Tatsächlich waren wir beim Abkürzen zu weit westlich von der Straße geraten und befanden uns jetzt am Fuß des Felsens. Richtung Meer sah man Lichter in der Ferne. Der Pinienwald reichte bis zum Dorf, ich erinnerte mich nicht mehr, ob ein oder zwei Bauernhöfe davor lagen, ich hatte keine Karte. Wir beobachteten einen Augenblick, wie die Kameraden unter uns auf der Straße marschierten, wahrscheinlich hatten sie es zu guter Letzt sattgehabt. Sie waren bestens zu sehen, ich hätte sie einen nach dem anderen abknallen können, und sie hätten uns nicht einmal bemerkt. Vom Meer wehte ein frischer Wind herauf, am Waldrand roch es nach Pinien, Minze und Eukalyptus. Ringsum herrschte tiefe Stille, man kam sich vor wie ein Pfadfinder. Die anderen hatten noch keine Gefechtsberührung, man hörte absolut nichts. Wir schlugen uns durch den Wald Richtung Osten, zum Dorf, bald würde der Morgen anbrechen.

Im flachen Gelände kamen wir schneller voran, selbst wenn wir die Pfade mieden. Eine halbe Stunde später traten wir aus dem Wald, der Himmel war schon blass und graute. Vor uns verlief die Straße von links kommend am Fuß eines sanften Hangs; zur Rechten sahen wir eine Gruppe Häuser und gegenüber die dunkle Silhouette des vollkommen ruhigen Dorfs. Trotz des Lärms, den wir beim Aufstieg vermutlich gemacht hatten, war die Überraschung offenbar gelungen. Mehr schlecht als recht schafften wir es, unseren Trupp auf der Lichtung wieder zu formieren und uns wie vorgesehen rechts und links der ersten Häuser zu verteilen. Ich hatte zur Rechten ein Dach ausfindig gemacht, das etwas höher war als die anderen, und sofort beschlossen, dort Stellung zu beziehen, denn von dort oben kontrollierte man die meisten Straßen, die talabwärts führten. Das Dorf war zu drei Vierteln zerstört, vermutlich zum größten Teil durch unsere Geschütze und weniger durch die Kämpfe am Vortag. Je mehr es tagte, desto deutlicher sah man die verkohlten Umrisse, die durchschlagenen Dächer, den hier und da noch aus den eingestürzten Häusern aufsteigenden Rauch – und Leichen, Dutzende Leichen und menschliche Überreste, über dem Boden verstreut wie herabgefallene Äste. Eingangs des Dorfs die Spuren eines unerhörten Gemetzels, ein Durcheinander aus Trümmern, Körperteilen und großen, roten Schmauchspuren von den Explosionen an den Wänden, aber keine Spur vom Feind.

Gegen halb sechs oder sechs Uhr früh hatten wir uns mit der anderen Gruppe, die durch das Tal gekommen war, vereint. Auch sie waren die halbe Zeit im Dunkeln umhergeirrt. Wir marschierten gemeinsam durch die Straßen dieser rauchenden Ruine, es war fast komisch, alle diese Kerle mit grün angemalten Gesichtern inmitten dieses elenden Weilers, der zur Hälfte dem Erdboden gleichgemacht war. Alle Leichen waren Zivilisten. Wahrscheinlich hatte man sie am Vortag massakriert und liegen lassen, damit unsere Geschütze sie zerstäubten. In einige Häuser, die noch standen, gingen wir hinein, doch wir fanden keine Lebenden mehr.

Auf dem Dorfplatz stießen wir auf zwei halb entwurzelte Feigenbäume und die Überreste eines weiteren Blutbads. Man sah den Einschlag eines Geschosses zwischen den Leichen und wie es die zerfetzten Leiber in alle vier Ecken des Platzes geschleudert hatte. Mehreren Jungs wurde schlecht und sie begannen, sich zu übergeben. Es hatte etwas Lächerliches, wie sich all diese Soldaten ohne Feindkontakt inmitten dieses Leichenhaufens übergaben. Ich ging mit meinem Kameraden die Straße hinunter zum Dorfeingang, und das hat uns gerettet. Wir waren kaum fünfzig Meter weit gekommen, als wir ein

Pfeifen und eine gewaltige Explosion hörten, auf die fast unmittelbar eine zweite folgte, dann eine dritte. In einem Reflex warfen wir uns auf den Boden und suchten robbend Deckung. Überall um uns Explosionen, Geschosse aller Kaliber. Wir rannten gebückt durch das Dorf bis zum Steilhang. Im Sekundenrhythmus schlugen Geschosse ein, wir spürten die Druckwellen der Explosionen, die uns von hinten umstießen wie eine brennende Hand. Ein Splitter war in meinen Rucksack und in den Kampfanzug eingedrungen, ich spürte einen Schmerz im oberen Rücken. Überall waren Rauch, Flammen, wir waren taub und blind. Ich hatte das Gefühl, als tauchte ich kopfüber vom Dorf in den Wald, ich warf mich unter die Bäume, direkt den Hang hinunter, und spürte, wie ich zwischen den Dornen hindurchglitt; ich wurde schneller, rollte, stürzte, mein Kopf schlug gegen etwas, und ich wurde ohnmächtig.

Ich lag nicht lange bewusstlos da, höchstens ein paar Minuten. Mitten auf der Stirn hatte ich jetzt eine große Beule, die ein wenig blutete. Ich nahm meinen Rucksack ab, er war von einem Splitter durchbohrt worden, der Schmauchspuren hinterlassen hatte, aber er hatte mir ohne Zweifel das Leben gerettet. Der Splitter war durch das Gewebe, den Proviant gedrungen und hatte sogar mein Ersatzmagazin aufgerissen, ohne dass eine einzige Patrone explodiert war, auch das Fernglas war zum Glück nicht zerbrochen, nur ein wenig verbeult. Ich konnte nicht sehen, wie mein Rücken aussah, aber es war nicht sehr schlimm, ich strich mit der Hand darüber, und obwohl ich einen leichten Schmerz spürte, floss offenbar kein Blut. Ich war gut fünfzig Meter hinabgestürzt und befand mich im Schutz der Bäume; über mir dröhnten die Geschosse. Mein Kamerad konnte nicht weit entfernt sein, ich hatte gesehen, wie er sich ebenfalls den felsigen Steilhang unterhalb des Dorfs hinabgestürzt hatte. Plötzlich war ich wütend auf unsere Offiziere, die sich aus übergroßem Selbstvertrauen hatten hereinlegen lassen wie Anfänger – die anderen wussten, dass sie das Dorf nicht halten konnten, sie hatten es demnach vorgezogen, sich bei Nacht ins dahinterliegende Tal zurückzuziehen, ihre Artillerie in Stellung zu bringen und auf uns zu warten, ohne einen einzigen Mann zu gefährden. Sicher hatten auch sie in der Nacht Verstärkung bekommen, auf jeden Fall Panzer und Kanonen. Und die hatten sie gut genutzt. Zu meiner Frustration kam hinzu, dass wir keinen einzigen Schuss abgegeben, nicht einen dieser Schweinehunde gesehen hatten. Aber sie konnten es sich leisten, einfach nur abzuwarten.

Mein Kamerad hatte zu mir gefunden, ein Splitter war durch seine Hand gedrungen, er blutete wie ein Schwein. Ich half ihm, einen Verband anzulegen. Der Abstieg war noch schwieriger als der Aufstieg, zumindest die ersten hundert Meter bis zur Straße. Um nicht ins Rutschen zu kommen, mussten wir uns an Bäumen und Büschen entlanghangeln. Mein Kamerad verlor manchmal das Gleichgewicht, und wenn er reflexhaft versuchte, sich mit der verwundeten Hand festzuhalten, ging er auf der Stelle mit einem lauten Aufschrei zu Boden.

Schließlich gelangten wir zur Straße. Irgendwann kamen uns zwei Jeeps und ein Panzer entgegen, sahen uns und hielten an. Wir erklärten ihnen, was geschehen war, ein Offizier, der im Panzer saß, fing daraufhin aus Leibeskräften an zu fluchen, bis er uns fragte:

»Aber dieses verdammte Dorf haben wir doch eingenommen, oder?«

»Ja, aber …«

»Es gibt kein Aber. Sind da oben noch Männer von uns?«

»Aber ja, natürlich …«

Ich stellte mir vor, wie die Kameraden in den bereits zerstörten Häusern in Deckung gingen, so gut sie konnten, oder unter den Bäumen Schutz suchten.

»Dann ist es ein Sieg …«

»Ja, ja, aber sie können nicht da oben bleiben. Es ist zu exponiert, es gibt nirgendwo Deckung, und die Gegner feuern mit ihrer ganzen Artillerie.«

Der Offizier schien zu zögern. Sein Panzer stand auf der engen Bergstraße und er wusste nicht, was er tun sollte.

»Steigt ein, ihr beiden, wir fahren zurück.«

Wir brauchten zehn Minuten, um zu wenden, denn die Straße war sehr eng. Bei jedem Manöver hing der Panzerfahrer mit zwei Reifen in der Luft. Wir saßen auf der Rückbank in einem Jeep. Wir waren gerade losgefahren, als zwei Jungs aus dem Wald rannten. Einer war am Arm verwundet, der andere hatte das Gesicht voller Blut, ein Splitter hatte ihm direkt am Haaransatz die Kopfhaut aufgerissen, ein Wunder. Wir nahmen sie zu uns in den Jeep und ließen den Panzer und den anderen Jeep hinter uns zurück, die warteten, ob noch andere Kameraden herunterkamen. Die beiden Typen waren blass und brachten kein Wort hervor. Ihr Blick war leer, und ich glaube sogar, dass der am Kopf Verletzte für einige Minuten bewusstlos war.

Unten auf der anderen Seite des Tals herrschte große Hektik. Jeeps, Zivilfahrzeuge und Lastwagen fuhren in alle Richtungen davon, kamen an, fuhren wieder weg. Das reinste Karussell. Sie hatten ihr Hauptquartier in der Polizeidienststelle eingerichtet. Niemand beachtete uns, obwohl unsere Gesichter noch immer grün bemalt waren. Es gab eine Sanitätsstation, einen Posten des Roten Kreuzes mit zwei Krankenwagen. Ich folgte dem Offizier ins Hauptquartier, während die Kameraden die Krankenstation aufsuchten. In einem großen Zimmer hatten sich Kommandierende und andere wichtige Leute um Karten versammelt, viel Lärm, viel Gebrüll, Kuriere kamen und gingen, doch es machte keinen geordneten und streng durchdachten Eindruck, alles wirkte improvisiert, schlecht koordiniert, planlos, ziellos. Eine Maskerade wie meine Gesichtsbemalung. Der Offizier, der uns gefahren hatte, forderte mich auf, unsere Geschichte einem anderen Offizier zu erzählen, einem feisten und schwitzenden Schrank von einem Mann in Tarnuniform, dessen dicker Revolver zwischen zwei Speckrollen hervorragte. Er schien nicht überrascht:

»Ja, ja, vor einer Stunde haben sie den Befehl erhalten, sich im Westen neu zu formieren.«

»Wo im Westen?«

»Dort.«

Er legte einen großen Wurstfinger auf eine Karte, wo er einen riesigen, fettigen Fingerabdruck hinterließ. Ich hatte keine Übung im Kartenlesen, aber mir schien, es handelte sich um den bewaldeten Felsvorsprung, über den wir bei Tagesanbruch gekommen waren.

»Und dann?«

»Auf dem Rückweg ins Tal nehmt ihr dann das Dorf dort ein, auf dem direkten Weg nach Süden.«

Auf der beschichteten Landkarte hinterließ sein Finger einen Fleck über einer Ansammlung von fünf oder sechs Häusern.

»Und anschließend geht ihr auf der anderen Seite des Tals hoch, um dort anzugreifen.«

»Von da hinten haben sie uns vorhin unter Beschuss genommen, richtig?«

»Genau.«

»Und das Gros der Truppen?«

»Das ist geheim, mein Junge. Wenn du da oben ankommst, wirst du alles sehen, es ist ein guter Beobachtungsposten.«

Dann wandte er sich dem Offizier zu und gab ihm eine Karte. Ich fragte mich, warum sie die Befehle nicht einfach per Funk übermittelt hatten. Sie hatten uns bestimmt völlig vergessen.

»Entschuldigen Sie, Kommandant«, fügte ich hinzu, »aber da oben … na ja, dort haben sie alle Einwohner massakriert, keiner hat überlebt.«

»Ja, ich weiß, diese Schweinehunde. Also wenn ihr Gelegenheit habt, zögert nicht und rächt euch.«

Damit drehte er sich um und setzte seine Unterhaltung mit einem seiner Kollegen fort. Es ging um die Reichweite von Kanonen und Panzerrouten.

Der Offizier, der mich begleitete, wirkte verärgert. Er fasste mich an der Schulter und gab mir ein Zeichen zu gehen. Draußen luden die Fahrzeuge viele Verwundete ab, ich erkannte einige unter ihnen aus meinem Trupp. Man beeilte sich, ihnen eine Erstversorgung zukommen zu lassen, bevor man sie ins Lazarett abtransportierte.

Ich wusste nicht, was ich tun sollte, sofort zu meinem Trupp zurückkehren oder abwarten. Ich blieb draußen und verfolgte eine Weile das Treiben. Es lief nicht rund. In einer Staubwolke bretterten Pick-ups mit Maschinengewehren in Höchstgeschwindigkeit davon, kehrten zwei Minuten später zurück, um in derselben Staubwolke anzuhalten und dann wieder loszufahren wie Zirkuspferde in einer Arena. Zivilfahrzeuge brachten Verletzte in Uniform, Soldaten mit nackten Oberkörpern regelten den Verkehr, indem sie unnütz mit ihrem Gewehr in der Luft herumfuchtelten. Ich hielt das für normal, schließlich hatte am Abend zuvor der Krieg wieder begonnen, jetzt musste alles erst wieder in geordnete Bahnen finden. Auf dem Dorfplatz gab es einen Brunnen, dort wusch ich mir die lächerliche Maskierung aus dem Gesicht. Langsam wurde es heiß in der Sonne, und ich trug noch immer das Gewehr und meinen Rucksack mit der Verpflegung, der Munition und dem Fernglas mit mir herum. Eine Viertelstunde später kam auch der Offizier aus dem Hauptquartier, er blickte sich nach mir um, ich gab ihm ein Zeichen. Er kam zu mir und sagte mit einem Seufzen:

»Hör zu, wir hatten gerade Funkkontakt mit Trupp A. Sie haben bei der Bombardierung große Verluste erlitten, konnten sich aber wie vorgesehen in den Wald im Westen zurückziehen. Der Beschuss hat abgenommen, wir fahren zu ihnen. Ich übernehme das Kommando von Trupp B. Ich werde dich im Dorf absetzen.«

Ich antwortete, ja, ja, ohne wirklich zu begreifen. Mir fielen langsam die Augen zu, ich hatte Hunger und die Hitze wurde drückend. Wir stiegen in den Jeep, holten ein mobiles Funkgerät ab und fuhren los. Mein Kamerad war nicht wiederaufgetaucht, er war wohl in der Sanitätsstation geblieben. Während der Fahrt döste ich; als wir oben ankamen, weckte mich der Offizier. Das Dorf war noch stärker verwüstet als bei Tagesanbruch. Wir mussten es links umfahren, weil eingestürzte Häuser die Straße blockierten. Er setzte mich ab mit dem Hinweis, sein Trupp sei wahrscheinlich etwas weiter unten. Er zeigte mir den kleinen Absatz unter dem Felsen und den Pinienwald: »Da hinten sind deine Kameraden, viel Glück.« Ich stieg aus, nahm mein Gewehr und meinen Rucksack und machte mich auf den Weg.

Ich machte einen Bogen um die beiden letzten Häuser, langsam kannte ich das Gelände. An einer Mauer saß einer von uns, die Arme über seinen schwarzen Bauch gelegt, Kopf nach hinten, die Augen tot. Ich hatte ihn nie zuvor gesehen. Ich schlug mich durch den Wald, der anfangs nicht besonders dicht war. Einige Geschosse waren bis hierher gelangt und hatten Bäume entwurzelt. Die Explosionen hatten gewaltige Löcher in den weichen Sandboden gerissen. Wie im Morgengrauen durchquerte ich den ganzen Wald und fragte mich dabei immer wieder, wie ich zu meinen Kameraden gelangen könnte – doch meine Sorge war umsonst. Als ich auf der anderen Seite ankam, tat sich ein atemberaubender Blick über alle Hügel auf, die zum Meer hinabfielen. In der Mitte des Felsabsatzes lagen Soldaten im dornigen Gestrüpp und hielten ein Schläfchen. Es gab keine Wachposten, nur zwanzig friedlich schlafende Jungs mitten im Gebüsch. Ich war sauer. Was sollte das denn? Offensichtlich bestand keine Gefahr eines feindlichen Angriffs, dennoch hätte man wenigstens … Ich suchte den Offizier, er konnte nicht weit sein. Zwei Kerle kauerten an einem Funkgerät, da musste er sein. Ich ging zu ihnen, sie hörten die Nachrichten des nationalen Rundfunksenders.

»Chef, ich komme vom Hauptquartier zurück«, sagte ich, ohne mich vorzustellen.

Der Leutnant schreckte auf, wendete sich mir zu und musterte mich von oben bis unten.

»Ah ja?«

»Ich habe Verwundete begleitet und Lagebericht erstattet.«

»Gut. Gut.«

»Das Hauptquartier hat mir Befehle mitgegeben.«

»Ja, ich habe sie per Funk erhalten. Wir marschieren gegen zwei Uhr ab, um bei Einbruch der Nacht das Dorf einzunehmen. Geh und ruh dich aus.«

»Ich habe meinen Partner verloren.«

»Mach dir darüber keine Gedanken. In diesem verfluchten Dorf hat jeder seinen Partner verloren.«

Er wirkte hochnäsig und schien sich etwas auf seinen Rang einzubilden, der Schwachkopf nervte mich.

»Ah – wie viele Männer haben wir verloren?«

»Hm …, insgesamt fast ein Dutzend.«

Wir waren also nur noch dreißig Mann, dabei hatten wir noch keinen einzigen Schuss abgegeben. Ich legte mich zu den anderen in den Schatten eines Felsens, der am Rand des Abhangs aus der Erde ragte. Unter meinem Blick breitete sich das Tal aus, in das wir hinuntersteigen sollten. Ich nahm mein Fernglas, um mir einen kurzen Überblick zu verschaffen. Das Dorf, das wir umzingeln sollten, lag zu weit östlich am Hang unter uns, ich konnte es nicht sehen, doch mir gegenüber am Südhang entdeckte ich Fahrzeugschlangen auf einer Straße an der Bergflanke, vielleicht zwanzig Kilometer Luftlinie entfernt. Bestimmt waren es Zivilisten auf der Flucht. Mir kam der Gedanke, dass sich mit ein wenig Glück der Krieg bis zum Dorf von Myrnas Familie verlagern könnte, das allerdings weit entfernt in entgegengesetzter Richtung lag. Man konnte nie wissen. Ich legte das Fernglas beiseite und schlief sofort ein. Als ich zwei Stunden später gegen dreizehn Uhr aufwachte, hatte ich Hunger, ich aß die Trockenfrüchte und Kekse, die ich in meinem Rucksack hatte.

Eine Stunde später gab der Offizier den Befehl zum Abmarsch, wir gingen los, mehr Pfadfinder denn je, denn die Hälfte unserer Jungs hatte wegen der Hitze den Kampfanzug ausgezogen und sich Taschentücher um den Kopf geknotet, um sich vor der Sonne zu schützen. Wir folgten bergab einer Art steinigem Ziegenpfad, auf dem wir wegen des Gerölls immer wieder ausrutschten, kleine Steinlawinen lostraten und diejenigen zum Stehenbleiben zwangen, die weiter unten marschierten. An dieser Bergseite wuchs fast nichts, und jeder, der ein gutes Fernglas hatte, konnte uns an der Flanke herumkaspern sehen. Trotzdem erreichten wir ziemlich schnell die Mitte des Hangs, wo eine unbefestigte Piste verlief, die in das fragliche Dorf führte. An den Hängen gab es ein paar Bäume und Büsche, doch nichts, das unseren Vormarsch decken konnte – wir mussten auf der Straße oder auf dem Straßenrand marschieren. Wir vergrößerten die Abstände zwischen uns auf mehrere Meter und rückten vor. Ich war in der zweiten Linie, als der Typ, der ein Dutzend Meter vor mir ging, mir an einer Biegung des Weges bedeutete, ich solle stehen bleiben und still sein. Ich gab das Signal nach hinten weiter. Vor uns befand sich auf der rechten Seite ein großer Fels, der für den Straßenverlauf behauen worden war und mitten in der Kurve einen steilen Überhang von drei oder vier Metern Breite bildete. Die perfekte Stellung für einen Hinterhalt. Das Dorf musste unmittelbar dahinter liegen. Der Aufklärer hatte Recht – wenn es zu einem Zusammenstoß kommen würde, dann hier. Wir verteilten uns schnell oberhalb und unterhalb der Straße, und diejenigen, die unten in Stellung gingen, sahen natürlich nichts mehr. Ich stieg einige Meter bergan und legte mich hinter eine kleine Erhebung, auf der wilder Thymian wuchs. Er gab mir ein wenig Deckung und ich hatte die Spitze eines Felsens in fünfzig Metern Entfernung im Fadenkreuz, dafür konnte ich die Straßenbiegung nicht mehr sehen. Ich lag in der prallen Sonne, zwischen meinen Augen rann der Schweiß, und die Rückstrahlung des Lichts auf dem weißen Geröll war schrecklich. Ich wischte mir mit einer Handvoll Erde über die Stirn. Auch meine Hände waren jetzt trocken. Ich stellte das Gewehr auf kurze Feuerstöße ein. Ich sah nicht mehr, was unter mir vor sich ging, vermutete aber, dass die Aufklärer weiter vorrückten, vielleicht unterhalb der Straße.

Die Zeit verändert sich in ihrer Dimension, wenn ich hinter einem Gewehr sitze, deshalb hatte ich den Eindruck, lange zu warten. Plötzlich war es still im Tal, oder vielleicht war es hier die ganze Zeit über so still gewesen, keine Ahnung. Die Sonne schien den Duft aus dem Thymian zu lösen und in der schwülen Luft zu verteilen, es roch berauschend nach heißem Stein und trockenen Kräutern. In einer seltsamen Mischung aus Lust und Anspannung atmete ich tief und ruhig. Im Tal knisterte es von den verhaltenen Bewegungen, den flüchtigen Schritten der Kameraden; manchmal stieß Metall gegen einen Stein und klickte dabei, so dass ich hinter meinem duftenden Busch den Kopf einzog.

Ich glaubte, oben auf dem Felsen eine Bewegung gesehen zu haben, einen schnellen, flüchtigen Schatten, einen Lichtreflex direkt über dem Stein. Ich nahm die ungefähre Position ins Visier, bereit, abzudrücken, sollte der Schatten sich je aufrichten, sollte es doch keine Eidechse oder eine Luftspiegelung gewesen sein.

Ein Donner zerriss die Stille und ich fuhr hoch. Eine Granate war eingeschlagen, wahrscheinlich auf der Straße, eine harte Detonation, die lange widerhallte und der sofort ein anhaltender Beschuss folgte, bei dem mindestens fünf oder sechs Gewehre gleichzeitig feuerten. Zu meiner Linken etwas weiter oben sah ich eine Gruppe von uns zum Felsen kriechen.

Sie waren zu weit über mir, um ihnen Deckung zu geben. Ich wägte noch ab, ob ich mich ebenfalls weiter den Hang hinauf bewegen sollte, als der Schatten, den ich bemerkt hatte, einen kurzen Augenblick aufstand, ich sah gerade noch einen Arm, der etwas warf, wahrscheinlich eine Granate, bevor er wieder verschwand. Mist, durch mein Zögern hatte ich den Schuss verpasst. Die Granate explodierte weiter unten, löste wieder Schüsse aus. Ich zielte sorgfältig, wegen der Rückstrahlung war ich gezwungen, die Augen zusammenzukneifen. Ich wartete ungefähr eine Minute, die Gestalt richtete sich halb auf, den Arm hinter dem Kopf – ich schickte ihm drei Kugeln, die ihn sofort flachlegten, und die Granate rollte an meiner Seite des Felsblocks hinunter, wirbelte drei Sekunden später eine riesige Staub- und Sandwolke auf. Ich hustete, hatte Staub in den Augen und den Mund voller Steinchen. Die Chancen standen gut, dass ich den Typen getroffen hatte, zumindest am Arm oder an der Schulter. Blitzschnell sprang ich auf und rannte zehn Meter bergan. Um mich herum schlugen Kugeln ein. Ich warf mich hinter einen kleinen Steinhaufen. Drei Meter vor mir lag einer von uns auf dem Bauch, einen großen, schwarzen Fleck auf dem Rücken. Ich nahm mir Zeit, um die Umgebung zu checken, die Straße war blockiert, wurde vom Felsvorsprung aus unter Beschuss genommen; sie lagen dort bestimmt in zwei Linien, und oben im Hang waren noch mehr. Ein schwierig zu passierender Riegel. Sobald ich mich ein wenig bewegte, schlugen Kugeln um mich herum und in den Steinhaufen ein. Mein Puls ging immer schneller, ich war in meiner Stellung festgenagelt und hatte Glück, noch keine Kugel abbekommen zu haben. Es gelang mir, mein Gewehr zwischen zwei Steinen in Stellung zu bringen, ich konnte einigermaßen zielen, aber mein Schussfeld war auf den oberen

Teil des Felssporns beschränkt. Wenigstens würde ich ihre Linien trennen, sie konnten nicht mehr von einer Seite zur anderen wechseln, ohne dass ich sie sah. Unter mir war das Gefecht heftiger geworden, jetzt beteiligten sich daran auch die Männer, die versucht hatten, den Riegel zu umgehen. Dann hörte ich das tiefe Brummen eines schweren Maschinengewehrs hinter dem Felsen – unsere Leute lagen wie ich flach auf dem Boden, wenn sie nicht schon gefallen waren.

Plötzlich spürte ich einen heißen Luftzug und sah so etwas wie einen Feuerschweif, gefolgt von einer gewaltigen Explosion auf der Felskuppe – eine Rakete hatte mich knapp verfehlt. Ich nutzte die Explosion, um noch ein paar Höhenmeter am Hang zu gewinnen, in solchen Augenblicken muss man schnell sein und sofort reagieren, ohne sich Fragen zu stellen. Ich ließ mich hinter große Felsbrocken fallen, die eine bessere Deckung und vor allem einen besseren Schusswinkel boten. Die Bazooka hatte nichts ausgerichtet, nur Steine aufgewirbelt. Sie konnten nicht genauer zielen, doch es war ein gutes Ablenkungsmanöver, vermutlich hatten unsere Jungs hinter mir ebenfalls die Gelegenheit für einen Positionswechsel genutzt. Ab und zu hörte man Maschinengewehrfeuer von der Gegenseite. Der einzige Weg, diesen Riegel zu überwinden, bestand darin, ausreichend Höhe am Hang zu gewinnen, um ihre Stellung überblicken oder sie sogar von hinten einnehmen zu können, und unsere Hintermannschaft hatte sicher bereits mit dem Aufstieg begonnen, doch für mich war es unmöglich. Trotzdem erzeugte die Anspannung einen schrecklichen Bewegungsdrang bei mir. Ich hatte keine Angst, aber einen komischen Geschmack nach Kupfer und Staub im Mund. Ich schwitzte, ich war durstig. Ich wartete ungeduldig darauf, dass einer versuchen würde, über diesen verdammten Felsen zu kriechen – begierig, ihn mit drei Kugeln am Boden festzuheften. Doch offensichtlich hatten sie kein Bedürfnis, sich zu bewegen. Weiter oben am Hang hörte ich Maschinengewehrsalven – vielleicht war den Kameraden die Umgehung geglückt.

Ich glaube, ich lag eine gute halbe Stunde in der Deckung, jedenfalls ziemlich lange. Ab und zu schlugen Schüsse in meiner Nähe ein, pfiffen Kugeln über mich hinweg, die bestimmt den Kameraden weiter hinten galten. Ich zwang mich, weiter den Felsen ins Visier zu nehmen, meine Augen schmerzten vom Staub und von der Sonne. Es lohnte sich – zwei Kerle in Zivil versuchten bäuchlings über den Felsen zu kriechen. Bei einem zielte ich auf den Oberschenkel – Treffer –, beim anderen auf die Brust – wieder ein Treffer. Den ersten wollte ich nur verwunden, um zu sehen, ob es jemand wagen würde, ihm zu Hilfe zu kommen. Der zweite war auf der Stelle tot, doch der erste wand sich und blutete, ein dunkler Fleck breitete sich auf dem weißen Kalkstein aus. Er versuchte den Blutverlust zu stoppen, indem er seinen Schenkel umklammerte. Er brüllte etwas, das ich kaum verstand. Erneut flogen mir Kugeln um die Ohren, ein regelrechter Kugelhagel, doch ihr Schusswinkel passte nicht, dazu hätten sie aufstehen müssen. Ein anderer Mann machte sich kriechend auf den Weg zu dem Verwundeten – genau wie ich es vorausgesehen hatte. Ich wartete, bis er ihn packte und begann, ihn nach hinten zu ziehen, mit großem Vergnügen habe ich mir Zeit gelassen und ihn schließlich mit einer Kugel in die Schläfe niedergestreckt. Kurze Zeit später bewegte sich der Verwundete nicht mehr, niemand kam mehr, um ihn zu retten. Weiter oben hatte das Gefecht Fahrt aufgenommen, den Kameraden muss es gelungen sein, eine höhere Stellung zu beziehen. Ich nahm an, dass die anderen an mir vorbeimussten, wenn sie sich zurückziehen wollten, und tatsächlich bemerkte ich, wie am äußersten Rand meines Schussfelds gebückte Gestalten vorüberhuschten – ich feuerte mehr oder weniger auf gut Glück auf sie. Sie waren eingekreist, um zu entkommen, hätten sie auf der anderen Seite absteigen müssen, doch dann wären sie sicher ins Feuer meiner Kameraden unten auf der Straße geraten. Letztendlich saßen sie selbst in der Falle. Auf dem Felsen explodierte eine weitere RPG-Granate, dann noch eine, und ich begriff, dass dies das Signal zum Angriff war. Das Tal war ein riesiges Schussfeld, aus allen Richtungen wurde auf den Hang unter dem Felssporn geschossen, ich stand auf und stürmte los mit Gebrüll, warum, weiß ich nicht, irgendwie aus Wut und Leidenschaft, das Gewehr nach vorn gestreckt wie ein Bajonett. Überall standen die Kameraden auf, feuerten und stürmten los, um den Felsen einzunehmen, als handelte es sich um eine Festung. Während mir Kugeln um die Ohren pfiffen und fast unter meinen Füßen einschlugen, erreichte ich die Flanke, in Höhe des Felssporns warf ich mich flach auf den Bauch, vor meinen Augen zwei Kerle, die versuchten, sich zurückzuziehen, indem sie den Abhang auf der anderen Seite hinabstürzten, ich schoss und verfehlte sie, schließlich fielen sie, ich weiß nicht wie, von einem Kugelhagel durchsiebt. Vorsichtig kroch ich zwischen den Leichen derer, die ich niedergestreckt hatte, weiter über den Felsen. Ich machte mich ganz lang. Unter mir lagen die Straße, der Hang und das Dorf, das dreihundert Meter entfernt an der Bergflanke hing. Ich hörte ihr Maschinengewehr, mit dem sie vom Dach des ersten Hauses aus achtlos die eigenen Leute niedermähten und nicht daran dachten, herunterzukommen. Ich wurde etwas ruhiger. Ich sah mich um, unsere ganze Gruppe hatte sich entlang des Hangs verteilt und befand sich gegenüber dem Dorf. Ich holte das Zielfernrohr aus dem Rucksack, zog es aus seinem Futteral und baute es schnell auf, es brauchte keine große Präzision – Schussentfernung dreihundert Meter. Ich lag auf der Lauer, das Maschinengewehr auf dem Dach war hinter Sandsäcken verborgen. Die Schützen waren unsichtbar, sie hatten nur ein kleines Guckloch wie eine Schießscharte – ich zielte sorgfältig, doch bei dem Schusswinkel wäre es ein Glücksfall gewesen, wenn die Kugel die Sandsäcke durchdrungen hätte. Ich schoss drei Patronen ab, das Maschinengewehr verstummte einen Augenblick, bevor es wieder wie verrückt zu feuern begann – einer von uns, der die Straße überqueren wollte, wurde in Taillenhöhe buchstäblich zweigeteilt.

Plötzlich fühlte ich mich sehr müde, schlapp, als hätte es meine gesamte Energie gekostet, auf diesen Felsen zu gelangen. Ich sah auf meine Armbanduhr – sieben Uhr. Seit drei Stunden schon waren wir im Gefecht, dabei kam es mir vor, als wären erst zwanzig Minuten vergangen. Es würde nur noch zwei Stunden hell sein. Nach und nach erreichten die Jungs das Dorf und drangen ein, gingen von Haus zu Haus, man hörte die Granaten und die Maschinengewehrsalven. Ich passte auf, dass uns niemand durch die Lappen ging: Sobald jemand versuchte, über die vordersten Häuser hinauszugelangen, oder sich auf einem Dach zeigte, gehörte er mir. Nach und nach kam unser Trupp auf diese Weise ans andere Ende des Dorfs, und ich kletterte von meinem Felsen. Jetzt war es vollkommen dunkel und das Dorf war eingenommen. Ich war nicht mehr müde, steckte voller Sieger-Energie. Wir sammelten uns und teilten uns neu auf. Wie durch Zauberei erschien der Leutnant wieder, er war am Knöchel verletzt und konnte nicht gehen, es bedurfte zweier Männer, um ihn zu tragen. Er beglückwünschte uns, versuchte per Funk das Hauptquartier davon zu benachrichtigen, dass die Region gesäubert sei, doch die Funkwellen drangen nicht über die Berge. In einem Jeep, den man aufgegabelt hatte, schickte er zwei Männer los, damit sie unten im Tal die Befehle entgegennehmen konnten; sofern sich die Lage nicht verändert hatte, würden sie bei Nacht auf der beschädigten Piste gut zwei Stunden benötigen, bis sie den ersten Posten erreichten. Wie auch immer, nur noch zwanzig von uns waren in Marschverfassung, wir konnten also kaum etwas anderes tun, als darauf zu warten, dass man uns abholte. Ich hatte mich mit fünf anderen als Freiwilliger für die Razzia im Dorf gemeldet. Auf der Suche nach Waffen und Munition kämmten wir Haus für Haus durch. Außerdem mussten die Leichen, die wir fanden, eingesammelt werden, um zu verhindern, dass sie irgendwo im Gelände verwesten. Über das ganze Dorf verstreut fanden wir etliche Waffen aller Kaliber, Munition und auch einen kleinen Mörser. Wir erschossen vier oder fünf Verletzte und bargen gut zwanzig Leichen, darunter Frauen und Kinder. Mit denen vom Felsen hatten uns insgesamt fünfzehn Männer fast fünf Stunden lang aufgehalten. Auf unserer Seite gab es acht Tote und ebenso viele Schwerverletzte, die die Nacht nicht überleben würden, wenn man sie nicht evakuierte. Trotz der Razzia hatten wir keine Krankenstation oder Erste-Hilfe-Station gefunden, die diesen Namen verdiente, wir waren auf das wenige Verbandsmaterial angewiesen, das wir selbst hatten. Blieb nur zu hoffen, dass man uns schnell abholte. Wir bereiteten uns vor für den Fall, dass sie einen Angriff vom Berg her versuchen würden; es war unwahrscheinlich, aber die Bombardierungen, deren Echo wir noch immer hörten, sagten uns, dass sie dort noch Widerstand leisteten. Wir bauten den Mörser auf, positionierten das Maschinengewehr und die Sandsäcke neu, richteten improvisierte Schießscharten für die Späher ein, die den Berg im Auge behielten. Das alles hielt uns bis Mitternacht beschäftigt. Danach teilten wir die Wachrunden ein, und dann konnte ich in einem Haus, das zur Kaserne umfunktioniert worden war, einige Stunden in einem richtigen Bett schlafen, traumlos, ich nahm mir nicht einmal die Zeit, zuvor noch etwas zu essen.

Nach meiner Wachrunde im Morgengrauen erhielten wir endlich Befehle. Wir sollten bleiben, wo wir waren, und so die Straße für diejenigen absperren, die durch die Berge fliehen wollten, ihr Stützpunkt stand kurz vor dem Fall. Es gelang auch, die Verwundeten, die in der Nacht nicht gestorben waren, zu evakuieren, dazu erhielten wir Verstärkung durch die Männer, die von der anderen Gruppe übrig waren – zehn Mann mehr. Wir verstärkten die Verteidigungslinie für den Fall, dass sie einen offensiven Rückzug in unseren Sektor versuchen würden. Wir begruben die Leichen in einem großen Massengrab. Der Kommandant war wegen seines gebrochenen Knöchels evakuiert worden, ein neuer Offizier würde im Laufe des Tages zu uns stoßen, hatte man uns versprochen. In der Zwischenzeit erhielten einige das Kommando über einzelne Gruppen – darunter ich. Ich war für zehn Mann verantwortlich, deren Aufgabe die Bewachung der Bergseite war. Ich wusste nicht, was ich davon halten sollte, doch im Grunde war ich stolz darauf, dass man mich ausgewählt hatte. Es ist immer schön, wenn man Anerkennung findet. Als ich dann mein Kommando übernahm, während wir auf dem Platz die Gruppen aus den Überlebenden des Vortags neu zusammenstellten und die zehn Jungs vortraten, die mit mir zur Bergseite gehen sollten, war Zak einer von ihnen. Er grinste mich an. Er sah mir direkt in die Augen und grinste, sein Kampfanzug war zerrissen und völlig verdreckt, er war ein wenig magerer geworden. Ich hatte ihn seit der Sache in der Tiefgarage nicht mehr gesehen – ich glaube, ich war froh, ihn wiederzusehen. Er kam zu mir, streckte mir die Hand hin, ohne mit dem Grinsen aufzuhören.

»Na, dann bist du jetzt wohl ein kleiner Chef? Ist mir eine Freude, unter deinem Befehl zu dienen.«

Er fügte nichts hinzu, marschierte mit den anderen zum hochgelegenen Teil des Dorfs, als ob nichts wäre.

Ich konnte nicht sofort mit ihm sprechen, weil unser Vorposten gegen Mittag Zivilisten meldete, die vom Berg herab auf das Dorf zu kamen. Bestimmt waren es arme Tröpfe, die vor den Kämpfen flohen, aber man musste alle üblichen Vorsichtsmaßnahmen ergreifen und sie verhören. Wir ließen sie bis zum Dorfeingang kommen und griffen dann überraschend zu – sie hatten ohnehin mit uns gerechnet. Es war eine ganze Familie, der Großvater und die Großmutter, zwei Töchter und ihre vier Kinder – die Söhne waren bestimmt zum Kämpfen geblieben, sie wussten, dass wir sie auf der Stelle erschossen hätten. Sie hatten einen Esel und trugen Bündel, wir durchwühlten alles und fanden nur Kleidung, Töpfe und andere nutzlose Dinge. Sie hatten Todesangst, sahen sich dauernd nach Zivilisten im Dorf um. Zur Einschüchterung trennten wir sie voneinander, die Kinder auf die eine, die Erwachsenen auf die andere Seite. Dann führten wir sie in ein Haus, wo wir sie nacheinander verhörten, um ihre Aussagen vergleichen zu können. Den Großvater zuerst, ich fragte ihn, woher er komme, wohin er gehe, ich tat so, als notierte ich alles, um es zu überprüfen. Ich versuchte, so professionell wie möglich zu wirken und dabei nett zu sein, damit er Vertrauen schöpfte. Er antwortete mir immer ruhiger, erklärte, sie hätten am Abend des Vortags das Dorf verlassen und seien, nachdem sie die Nacht in einer Höhle in den Bergen verbracht hätten, bei Tagesanbruch abgestiegen. Sie hätten damit gerechnet, beim Abstieg auf Soldaten zu stoßen, doch er habe nicht genau gewusst, aus welchem Lager; als sie losgegangen seien, hätten sie ihm gesagt, sie hielten noch das ganze Tal. Das sei gestern gewesen, erwiderte ich, doch jetzt hätten wir die Seite eingenommen. »Ah«, sagte er ohne weiteren Kommentar. Ich dankte ihm, ließ ihn wieder nach unten bringen und eine seiner Töchter holen. Sie muss um die dreißig gewesen sein, sie war verängstigt und zitterte. Sie hatte eine gewöhnliche Figur, abgesehen von etwas Vulgärem, das mich ärgerte, war nichts Besonderes an ihr. Sie erzählte mir genau dieselbe Geschichte wie der Alte. Als ich sie fragte, was ihr Mann mache, antwortete sie entnervt: »Er ist tot.« Ich wusste, dass sie log und dass er irgendwo in den Bergen gegen uns kämpfte. Ich wollte ihr antworten, als ich unten Schreie, das Heulen einer Frau hörte. Ich tat, als wäre nichts. Ich sah der Frau direkt in die Augen, wartete einige Sekunden. Die Schreie unten waren in ein starkes und regelmäßiges Stöhnen übergegangen.

»Bist du sicher, dass dein Mann tot ist?«

Ihr Gesicht zitterte und entglitt ihr, sie klopfte nervös mit dem Fuß auf den Boden. Unten stieß ihre Schwester einen besonders lauten Schrei aus.

»Was nun?«

Sie brach in Tränen aus, nein, sagte sie, er kämpfe noch immer oben mit den anderen, er würde gewiss sterben: »Sie hatten schon gestern, als wir fortgingen, fast keine Munition mehr.«

Das war eine gute Nachricht, ihr Stützpunkt würde bestimmt fallen und wir würden die beiden Täler erobern. Die

Schreie unten waren verstummt. Ich rief den Mann, den ich vor der Tür postiert hatte.

»In Ordnung, du kannst sie zurückbringen. Die Schwester soll kommen.«

Er grinste hämisch und sagte:

»Ich weiß nicht, ob … ob sie in der Verfassung ist.«

»Tue, was ich dir sage, und sage den anderen, sie sollen sich leise verhalten.«

Ich wusste, dass sie nichts dergleichen tun würden, aber ich war der Chef und konnte solche Dinge nicht zulassen.

Nach fünf Minuten brachte er mir die Schwester. Sie sah zum Fürchten aus, hatte überall Spuren von Schlägen im Gesicht, ihre Kleidung war zerrissen und gab ihre Brüste frei, die sie mit ihren Armen zu bedecken versuchte, ihr Gesicht war tränenüberströmt.

Langsam wurde es mir zu viel. Ich stellte ihr der Form halber zwei Fragen, sie antwortete nickend und zähneklappernd. Ich hatte genug, packte sie am Arm und sagte zu ihr: »Das reicht, wir gehen runter, ihr könnt gehen.«

Schon auf den Treppenstufen kamen mir Schreie entgegen. Ich war plötzlich stinkwütend. Ich kam die Treppe herunter und hatte kalte Schweißausbrüche, die Frau schrie in regelmäßigen Abständen, und jedes Mal lief mir ein Schauer über den Rücken. Im großen Zimmer hielt sich die Alte die Ohren zu und der Alte weinte, am liebsten hätte ich die beiden, ohne nachzudenken, abgeknallt, aber ich hatte keine Waffe. Die Schwester warf sich weinend in die Arme ihres Vaters. Die Schreie kamen aus dem Nebenzimmer, ich ging hinein. Die Frau stand, über einen Tisch gebeugt, mit dem Rücken zur Tür. Hinter ihr Zak, während ein anderer zuschaute und den zitternden Lauf seines Gewehrs fünf Zentimeter von der Frau entfernt auf ihr Gesicht richtete. Sie merkten nicht einmal, dass ich eingetreten war. Fasziniert und gelähmt starrte ich ein paar Sekunden lang auf die Szene wie auf eine Welle, die sich vor einem auftürmt, bevor sie einen überflutet; wie im Traum sah ich Zaks Penis, der in diese Frau eindrang und wieder aus ihr herauskam, Zaks Gesicht, angestrengt, rot angelaufen, konzentriert; ich trat zu dem Mann, der das Gewehr hielt, schlug ihm mit aller Kraft meine Faust ins Gesicht, ich spürte seinen Wangenknochen, dann seine Nase unter meinen Fingergliedern brechen, ich nahm seine Waffe an mich und drehte mich nach Zak um, der mich entgeistert anstarrte, an die weißen Hinterbacken der Frau geklammert, die mich ebenfalls ansah. Ich packte die Waffe und drückte den Abzug, ich sah wie Zak erstarrte und leichenblass wurde, ohne zu fallen, ohne dass etwas geschah, denn die Waffe war nicht entsichert. Wir blickten uns noch ein oder zwei Sekunden ins Gesicht, ich drückte den Sicherungshebel der Kalaschnikow nach unten, und er rannte hinaus, hüpfend wie ein Seehund oder ein gefesseltes Tier, die Hose um die Knie. Die Frau richtete sich auf, beobachtete mich mit einem unerträglichen, flehentlichen Blick, ich sah ihre Vulva, und plötzlich hatte ich Lust auf sie, ohne zu wissen warum. Ich ging aus dem Zimmer und schlug die Tür hinter mir zu. Alle sahen mich an. Zak war verschwunden, die verzweifelten Alten warfen mir dankbare Blicke zu, am liebsten hätte ich ihnen mit dem Gewehrkolben den Schädel zertrümmert:

»Macht doch, was ihr wollt«, sagte ich schließlich und ging hinaus.

Plötzlich war ich müde oder vielmehr erschöpft, ich hatte auf nichts mehr Lust außer auf diese Frau, und ich konnte nichts mehr tun, es war zu spät. Ich ging hinauf zum Dorfausgang, um einen der Späher abzulösen, der sich wunderte, als er mich sah. Ich setzte mich auf seinen Posten und betrachtete den trockenen und schroffen Berg, die wenigen Büsche und Sträucher, den grünen, bewaldeten Hang, der gegenüber Richtung Süden lag; die Sonne stand hoch und brannte; in der Luft lag der Duft von Minze und Thymian, der mitten zwischen Felsen und Geröll die Erinnerung an Myrnas Haar in mir weckte und die allen Blicken preisgegebene Vulva der an den Tisch gedrückten Frau auf sie übertrug – ich fragte mich, warum ich diese Frau nicht getötet hatte, warum ich Myrna nicht getötet hatte, warum ich Zak zwei Mal verschont hatte und warum ich hier war, mitten im Nirgendwo, um auf einen Krieg zu warten, der in weite Ferne rückte, der nie ein echter Krieg war, die echte Gewalt, auf die ich Lust hatte, und ich zog mich in mich selbst zurück, verkroch mich in mein Loch wie eine Eidechse.

Am Nachmittag hatte ich mich wieder gefasst. Bestimmt hatte mir die Anspannung im Gefecht mehr zugesetzt, als ich dachte, ich bedauerte meine blödsinnige Geste, ich wusste, dass ich einen Fehler begangen hatte, der mich wahrscheinlich meine Autorität und meinen Ruf als Kämpfer kosten würde, von Zaks Rache ganz zu schweigen. Ich wusste, dass ich ihn irgendwann töten musste, sonst würde er mich töten. Es war ein seltsames Gefühl, fast irreal, Zak, das alles wegen dieser unbedeutenden Zivilistin, die ich im Grunde gern selbst vergewaltigt hätte. Ich fühlte mich angeschlagen, ich brauchte eine Erholung, wie gern wäre ich wieder auf meinem Dach, bei meinem Gewehr gewesen, hätte dem Flug der Möwen am Morgenhimmel zugesehen. Ich wartete auf den Soldaten, der den Späher normalerweise ablösen sollte, dann ging ich ins Dorf hinunter, nicht ohne mich vorher danach zu erkundigen, ob ein neuer Offizier gekommen sei – war er noch immer nicht. Ich befehligte also nach wie vor meine Gruppe von Galgenvögeln. Auf meinem Weg durchs Dorf sah ich keinen meiner Männer, ich ging ins improvisierte Hauptquartier, wo sich das Funkgerät befand. Dort traf ich einen ebenfalls provisorisch zum Chef ernannten Kameraden, der unverblümt erklärte, er finde, mein Verhalten sei richtig gewesen, man könne nicht hinnehmen, dass Zivilisten vergewaltigt würden. Als ich erwiderte, ich hätte eine Dummheit begangen, hielt er sofort die Klappe und schaute mich merkwürdig an. Ich wechselte das Thema, war etwas Neues über Funk gekommen? Nein, noch immer nicht, oben würde noch gekämpft, sie lehnten es ab, sich zu ergeben, und sie hatten von irgendwoher unverhofft Verstärkung erhalten.

Beim Hinausgehen stieß ich auf zwei meiner Männer, die sich die Füße vertraten, und fragte sie, als wäre nichts gewesen, was sie mit den Zivilisten gemacht hatten. Sie hätten sie irgendwann gehen lassen, war die Antwort. Sie schienen es mir nicht sonderlich übel zu nehmen. Und ich war auch nicht mehr sauer auf sie. Ich erkundigte mich, ob sie von ihrer Wache kämen, sie antworteten, sie seien gerade auf dem Weg dorthin; ich fragte auch, ob sie Zak gesehen hätten, sie antworteten, sie wüssten nicht, wer das sei.

Als ich wieder die Straße hinaufmarschierte, hatte ich ganz deutlich das Gefühl, in einem Film mitzuspielen und ein schlechter Darsteller in einer Rolle zu sein, die nicht für ihn geschrieben war. Das Dorf war eine Kulisse bar jeder Realität, die Waffen, die Soldaten wirkten komisch, geradezu schräg. Einige spielten Karten unter der Laube vor einem Haus; einer döste mit nacktem Oberkörper auf dem blanken Boden neben dem Brunnen. Das ferne Echo der Gefechte, das je nach Windrichtung bis zu uns drang, schien von einer CD zu kommen, eine schlechte Aufnahme zu sein: lärmend, künstlich, verzerrt.

Auch ich setzte mich in die Kulisse auf eine Steinbank und reinigte mein Gewehr. Ich baute behutsam und systematisch den Verschluss auseinander, ich reinigte ihn von Staub und Pulverspuren, ich säuberte den Lauf, dann das Zielfernrohr, legte es in sein Futteral zurück. Ich putzte auch mein Fernglas.

Als es Abend wurde, fingen einige Jungs an zu singen, man kam sich vor wie in den Ferien. Es war todtraurig und ich überlegte mir, dass ich desertieren und nach Hause, auf mein Dach zurückkehren würde, wenn nicht bald etwas passierte.

Gegen neun kamen drei Jeeps hupend an, unser Trupp wurde insgesamt um etwa fünfzehn Soldaten aufgestockt – dazu kam ein neuer Offizier, dem ich noch nie begegnet war. Er hatte einen Vollbart und sah nicht sehr sympathisch aus. Er versammelte alle »Chefs« in unserem improvisierten Hauptquartier und verschaffte uns mit einer Karte, die er an die Wand pinnte, eine ziemlich detaillierte Übersicht über unsere Lage. Er wirkte hochnäsig und selbstgewiss, obwohl man aus seiner Stimme, die schrill wie ein Hahnenschrei klang, Schwäche heraushören konnte. Ihr Stützpunkt halte sich noch, erläuterte er, und sollte er morgen oder übermorgen nicht fallen, würden wir ihn höchstens noch durch ein Wunder einnehmen, da sie dabei seien, ihre Abwehr neu aufzustellen und eine Gegenoffensive nach Norden vorzubereiten. Deshalb sollten wir im Eilmarsch die Berge durchqueren, eine Straße blockieren, die er uns auf der Karte zeigte, einen Hügel einnehmen, verhindern, dass der Gegner Zugang zur anderen Seite des Tals bekam, und ihn von möglichem Nachschub abschneiden, während der Hauptteil unserer Truppen den finalen Angriff versuchen würde. Abmarsch in einer Stunde.

Wir sahen uns reihum an; am Vorabend hatten wir erfahren, was es hieß, bei Nacht in den Bergen zu marschieren, wir wussten, dass es ganz oder nahezu unmöglich war, mit normaler Geschwindigkeit voranzukommen, an einen Eilmarsch zu denken, wie er es nannte, war ein Witz. Mit etwas Glück würden wir am nächsten Vormittag dort sein, erschöpft und unter Verlust der halben Truppe.

Anschließend stellte er die Gruppen neu zusammen. Ich behielt meine Männer, ich wusste nicht, was ich davon halten sollte – den Schlauberger zu spielen und Befehle in einem Dorf zu erteilen ist etwas anderes, als zehn Männer in ein Gefecht zu führen. Schließlich verlangte er »Exekution«, worüber der halbe Saal lachen musste, dann standen wir auf. Ich ging ins Dorf, um rechts und links meine Männer einzusammeln, jeder rannte herum auf der Suche nach Soldaten, deren Namen er nicht kannte, es war ziemlich komisch, man hörte Rufe wie »He, du da, Dingsbums, warst du nicht in unserer Gruppe?«. Ich hoffte, Zak würde die Gruppe wechseln, ich hatte ein ungutes Gefühl bei dem Gedanken, er könnte in einem Nachteinsatz hinter mir marschieren. Ich fing mit den Spähern an, von denen ich wusste, wo ich sie fand, sie führten mich zu den anderen, die das letzte Haus im Dorf bezogen hatten. Zak war auch da, er fixierte mich fortwährend und mit herausforderndem Blick. Für ein Gespräch war es zu spät, überhaupt, worüber hätten wir sprechen sollen? Er wusste, dass ich ihn tatsächlich getötet hätte, wenn das Gewehr nicht gesichert gewesen wäre, er hatte gesehen, wie ich abgedrückt hatte, bestimmt dachte er, ich hätte es aus idiotischem Puritanismus getan, feige wie in der Tiefgarage. Ich konnte es ihm nicht erklären, er hätte es nicht verstanden, ich verstand es ja selbst nicht genau. Ich hatte mit der guten Frau nichts zu tun, keiner von uns übrigens. Jetzt konnte er mich nachts beim ersten Zusammenstoß erledigen – und niemand würde etwas merken. Auf einmal fühlte ich mich extrem müde. Von dem Kerl, dem ich sicherlich die Nase gebrochen hatte, war keine Spur zu sehen. Im Ganzen elf Mann und ich. Ich erklärte ihnen die Befehle, man sah ihnen ihre Fassungslosigkeit an. Ein sehr junger Kerl in der Gruppe, er war vielleicht sechzehn oder siebzehn Jahre alt, hörte mir zu, als hätte mich der Himmel oder sonst wer in der Art gesandt. Das tat gut und war zugleich erschreckend.

Nach einer Stunde setzten wir uns in Marsch Richtung Dorfausgang – wir mussten an der Spitze gehen, als Aufklärer. Ich hatte eine RPG und Munition verlangt, außerdem hatte man mir ein Walkie-Talkie überlassen, fast ein Spielzeug, das in hügeligem Gelände wahrscheinlich keine zweihundert Meter weit reichte. Zak marschierte vorn, ich hatte ihn als Aufklärer eingesetzt. Plötzlich fühlte ich mich wieder stärker; es war eine schöne, fast klare Nacht voller Leben und Düfte. Als wir uns auf den Weg machten, überkam mich das klare Gefühl, dass besagter Stützpunkt nie fallen werde und wir noch nicht einmal den Hügel sehen würden; es war keine Vorahnung, sondern Gewissheit, das sehr starke Gefühl, dass dieses Manöver zum Scheitern verurteilt war und ich mit einer Kugel von Zak im Kopf unter einer Pinie liegend enden würde. Dennoch war ich vergnügt, glücklich darüber, schweigend unter dem Sternenhimmel unterwegs zu sein. Mein einziger wirklicher Kummer war, dass ich sie kommandieren musste – ich sah diese Jungs, die wie Marionetten darauf warteten, dass ich ihnen befahl vorzurücken, sich zurückzuziehen, zu kämpfen, zu sterben, als hätte ihnen allein die Tatsache, dass sie wussten, sie hatten einen Chef, plötzlich jeden eigenen Willen genommen, während sie am Vorabend ganz und gar aus eigener Initiative, ohne einen Befehl von irgendjemandem gehandelt hatten. Ich fragte mich, wie sie es fraglos akzeptieren konnten, dass man durch puren Zufall mir das Kommando über sie gegeben hatte, sicher würden sie bei der geringsten Schwierigkeit wieder ihre Unabhängigkeit entdecken, dachte ich, wie mir war allen bewusst, dass all dies nur ein Jahrmarkt, ein Zirkus, ein Maskenball war, bei dem wir Krieg spielten.

Wir begannen bergan zu steigen, nach den ersten Kilometern, gut zwei Stunden Fußmarsch, wurde der Hang dann sanfter, als hätten sich die Berge geweitet, um in der Nacht zu verschwinden, verschluckt von den Schatten der hohen Bäume, die allmählich den Himmel verdeckten. Ich wählte die Route nahezu zufällig, orientierte mich am Abhang und an den Sternen. Zum Glück war die Nacht sehr hell und man sah, wo man die Füße hinsetzte. Wir mussten auf das besagte enge und gewundene Tal stoßen, in das wir absteigen sollten, doch in der Nacht hatte ich Schwierigkeiten, mir die Topographie, das Relief vorzustellen; zwischen den Bäumen konnte man kaum etwas erkennen, das dunkler war als der Himmel, und wenn, dachte ich, müssten es Berge sein. Ich versuchte zu begreifen, welchen Nutzen es hatte, in dieses Tal hinunterzusteigen, wo wir verwundbarer sein würden, ich suchte nach einem Grund, warum wir nicht parallel zum Tal auf der Höhe vorrücken durften, doch ich konnte mir weder das Gelände noch die feindlichen Positionen vorstellen. Auch nach einer Stunde im lichten Wald hatte sich die Landschaft nicht verändert, nur die Dunkelheit war undurchdringlicher geworden, der Mond anscheinend hinter einer Bergkette verschwunden. Wir sahen gerade genug, um weiterzumarschieren, ich verkürzte die Abstände, um niemanden zu verlieren. Einer nach dem anderen kamen die Kameraden alle fünf Minuten zu mir und erkundigten sich, ob wir nicht schon längst irgendwo angekommen sein müssten, doch ich wusste absolut nicht, wie dieses Irgendwo aussehen sollte. Zak marschierte vor mir, unsichtbar zwischen den Bäumen an der Spitze. Ich war für alle Fälle gewappnet, hatte das Risiko auf mich genommen, eine Patrone in meinem Gewehrlauf zu lassen, ich fürchtete mich nicht, doch ich musste weiterhin auf der Hut sein. Nach einer weiteren halben Stunde Fußmarsch setzte ich mich hin und machte das Walkie-Talkie an. Man sollte es nur im Notfall gebrauchen, denn der Feind konnte mithören, doch es war so schwach, dass es bereits an ein Wunder grenzte, wenn mich in den Bergen mitten im Wald unsere Leute hören konnten – aber ich erreichte sie. Von Ungeziefer belagert vernahm ich die verzerrte Stimme des Kommandeurs. Es war, als spräche ich, umgeben von Dunkelheit und düsteren Bäumen, mit einer anderen Welt.

»Ihr müsst ungefähr fünfhundert Meter vor uns sein, höchstens. Ende.«

Ich verkündete eine Rast, die Kameraden setzten sich. Ich hatte den Eindruck, es wurde immer dunkler. Wir froren wegen der Höhe und der Feuchtigkeit; dennoch war die halbe Mannschaft eingenickt. Zak schlief einige Schritte von mir entfernt ruhig an einen Baumstumpf gelehnt. Zwischendurch hätte ich ihm manchmal gern gesagt: »Hör mal, wir vergessen alles, wir knüpfen an die Zeit davor an« oder dass er mich auf der Stelle hinter einer Biegung töten soll. Mir war alles ziemlich egal.

Ich gab das Zeichen zum Weitermarsch, dieses Mal schneller, und eine Viertelstunde später begann das Gelände sehr abschüssig zu werden, es gab immer weniger Bäume. Ich schaute auf die Karte, es konnte sich nur um das fragliche Tal handeln. Es war nicht so eng wie erwartet, in der Dunkelheit sah man von der gegenüberliegenden Flanke nur riesige Schatten, die sich ebenso gut am anderen Ende der Welt hätten befinden können. Die Talsohle war recht flach, unvermittelt änderte sich die Vegetation, es gab andere Bäume, andere Pflanzen. Wir kamen zu etwas, das wie ein Pfad oder wie eine unbefestigte Straße aussah. Ich schaute wieder auf die Karte, es war die Piste, die mitten durch das Tal führte, sie würde uns direkt zur Straße bringen. Ich gab Befehl, den Hang ein Stück hinaufzugehen, er war nicht steil, man konnte gut marschieren und gegebenenfalls würde man Deckung finden. Ich zögerte, das Walkie-Talkie zu verwenden, denn nach der Karte waren wir keine zehn Kilometer mehr von der feindlichen Marschroute entfernt. Die Stille war vollkommen, undurchdringlich, kein Echo eines Gefechts, nichts, niemand war zu hören.

Wir waren alle erschöpft, es war halb vier Uhr morgens, und obwohl es weniger kalt war als oben im Wald, spürte ich einen eisigen Wind auf meinem verschwitzten Rücken. Mich beunruhigte vor allem, dass ich niemandem von den anderen Gruppen begegnet war. Sie mussten irgendwo in der Nähe sein.

Ich bedeutete allen, still zu sein, sich wie Infanteristen im Gelände zu verteilen und mit vernünftigem Abstand weiterzumarschieren, um sich nicht aus den Augen zu verlieren. Jeder entsicherte sein Gewehr und das vielfache metallische Klicken hallte wie Regen im Tal. Ich hatte keine Angst, aber ich roch den nahenden Kampf, als trüge der Wind seinen Geruch zu mir. Ich war mir sicher, dass wir aus diesem Tal nicht herauskämen; wenn sie auch nur ein bisschen vorbereitet waren, würden sie uns mit der größten Leichtigkeit der Welt im Morgengrauen auf unbekanntem Terrain niedermähen. Es war der perfekte Ort für einen Hinterhalt; es gab Böschungen, Bäume; das Tal war breit genug, um ein ganzes Regiment zu überholen, ohne es zu sehen, und später hinterrücks angegriffen zu werden. Wir hatten bereits am Vortag Stunden gebraucht, um dieses beschissene Dorf zu erobern, obwohl wir zahlenmäßig drei Mal so stark waren wie sie. Und hier waren sie drei Mal so stark wie wir.

Je weiter wir vorrückten, desto mehr spürte ich die Angst der Kameraden. Ich sah Zak vor mir, der immer langsamer ging, beim geringsten Geräusch nervös den Kopf bewegte, mit seiner Waffe herumfuchtelte, um die Schatten in Schach zu halten, und sich plötzlich auf den Boden warf und im Gebüsch verschwand, geschluckt von der Nacht. Ich hörte einen kleinen, erstickten Schrei und mein Herz raste zum Zerspringen, ich machte zwei Schritte zur Seite und warf mich ebenfalls auf den Boden. Es war nichts zu sehen. Ich witterte Klingen, Zweikämpfe in der Finsternis, Unbekannte, die in der Dunkelheit herankrochen. Ich blickte um mich, ich sah nichts, nur dunkle Formen, Bäume oder Sträucher. Ich hörte vor mir das Rascheln von Gras und Blättern; langsam, leise nahm ich mein Gewehr vor die Brust, meine Hand zitterte. Ich spähte in die Nacht, den Finger am Abzug. Jeden Augenblick konnte Zak mit dem Messer in der Hand vor mir auftauchen, er würde mir keine Chance lassen, mein Gewehr war zu lang für einen Zweikampf; ganz vorsichtig zog ich meine Pistole aus dem Gürtel, langsam, ohne ein Geräusch zu machen. Ich hörte, wie das Rascheln näher kam. Ich zwang mich, tief zu atmen. Zwei Meter vor mir murmelte es: »Chef, he, Chef.« Chef konnte mich nur dieser Halbwüchsige nennen, den ich nicht kannte. Ich antwortete: »Hier«, und hob ein wenig den Kopf. Er kroch auf dem Boden bis zu mir.

»In Gottes Namen, was ist?«, flüsterte ich.

»Wir sind auf einen Posten gestoßen, vor uns, eine Art Hütte.«

»Ein Posten oder eine Hütte?«

»Eine Hütte. Die anderen sagen, es könnte ein Posten sein.«

Ich wusste nicht, was zu tun war. Es war unwahrscheinlich, dass es sich um etwas anderes handelte als eine Hütte, aber man konnte nie wissen. Wenn wir sie umgingen und die Hütte ein Posten war, riskierten wir einen Hinterhalt. Der Junge schien Todesangst zu haben.

»Gut. Wir werden sehen. Ich komme mit dir.«

Ich kroch ihm auf dem Bauch hinterher. Wir befanden uns im Bett eines Wildbachs, der zu drei Vierteln ausgetrocknet war, der Boden war überall feucht. Es gab hohe Gräser, einige Büsche und riesig wirkende Bäume. Wir robbten etwas nach links und der Junge zeigte mir mit dem Finger einen rechtwinkligen Schatten an der Bergflanke: eine Hütte – die ein ausgezeichneter Posten gewesen wäre. Wenn dieses Gebäude hier stand, konnten wir nicht sehr weit von der Straße entfernt sein, dachte ich – niemand baut im Nirgendwo. Eine Hütte an einem Wildbach – eine Pump- oder Bewässerungsstation oder irgendetwas in der Art, vielleicht eine Schäferei.

Plötzlich lagen wir zu viert auf dem Bauch im Gras, zwei andere waren hinzugekommen. Keine Spur von Zak. Ich versuchte, nicht zu sprechen – ich zeigte auf den Jungen und einen der beiden anderen, deutete auf die linke Seite des Gebäudes, die Bergseite, dem dritten gab ich ein Zeichen, dass er mich auf der Talseite begleiten solle. Ich signalisierte den ersten, dass wir ihnen fünf Minuten gaben – sie hatten es weiter als wir. Ich zückte mein Messer, damit sie begriffen, dass wir keinerlei Lärm machen durften. Alle nickten und die beiden an der linken Flanke krochen los. Ich konzentrierte mich und lauschte; man hörte absolut nichts, nur die Nacht. Der Mann bei mir war bei der Einnahme des Dorfs dabei gewesen. Er wirkte ruhig, hatte ein Messer in der einen und eine automatische Pistole in der anderen Hand. Das war eine gute Wahl – ich stellte mein Gewehr auf Dauerfeuer, so waren wir für alles gewappnet. Das Warten kam mir endlos vor. Einen Augenblick lang meinte ich ein Schnarchen in der Hütte zu hören, doch es war bestimmt der Wind oder ein Tiergeräusch. Wenn man nachts in der Natur aufmerksam lauscht, scheinen die Ohren zu erfinden, was die Augen nicht sehen, und von aller Kontrolle befreit Umgebungsgeräusche zu verstärken, die am helllichten Tag nicht einmal existiert hätten.

Wir robbten los; der Boden war sandig und sehr nass. Ab und zu quakte ein Frosch oder sprang ganz in unserer Nähe auf, und jedes Mal schnürte es mir die Brust zusammen, als würde jetzt ein Feind aus der Dunkelheit auftauchen. Als wir nur noch wenige Meter entfernt waren, sah man die Hütte deutlich, ein armseliges Steinhaus mit einem Fenster – keine Tür auf unserer Seite. Das Fenster war nur eine Öffnung in der Mauer, aber eine ziemlich große. Ich wusste nicht mehr, was wir tun sollten. Uns weiter anpirschen? Warum?

Nach kurzem Zögern schlichen wir bis zu dem Gemäuer. Noch immer drang kein Geräusch, kein Atemzug aus dem Innern, dabei waren wir direkt unter dem Fensterloch – Erleichterung, große Erleichterung, diese verflixte Hütte war nur eine verflixte, verlassene Hütte.

Ich weiß nicht, wie ich zu dem Schluss kam, aber ich war überzeugt, hatte keinen Zweifel, für mich stand fest: In dieser Hütte war niemand. Sie war zu still. Ich war mir sicher, dass man aus dieser Nähe hätte hören müssen, wenn ein Mensch darin gewesen wäre, einen Atem oder irgendetwas, das sich regte. Ich sagte:

»Sie ist leer, wir können reingehen.«

Ich stand auf, warf einen Blick hinein. Da sah ich im Licht des Sternenhimmels dunkle Schatten auf dem Boden liegen, vier oder fünf menschliche Umrisse – vor Überraschung und Angst schnellte ich hoch, wich instinktiv zurück, strauchelte und stürzte. Mit der rechten Hand fing ich mich; doch der Aufprall oder mein Körpergewicht müssen auf den Abzug meines Gewehrs gedrückt haben, der zu locker eingestellt war, ein endloser Kugelhagel prasselte mit flammenden Blitzen und ohrenbetäubenden Explosionen ins Gras und gegen die Wand, die Stille zerriss, als hätte ich, ohne es zu wissen, den Schalter zum Höllenfeuer umgelegt. Die Nacht öffnete sich, wurde plötzlich von Streiflichtern durchzogen, ausgeleuchtet, im Gestrüpp rundum funkelte ein Sternregen und alle Mündungsfeuer richteten sich auf mich, vom Tal her hörte man den Widerhall von zehn Gewehren, die alle den dunklen Umriss der Hütte in der Höhe ins Visier genommen hatten, und eines von ihnen, da bin ich sicher, zielte genau auf uns – mit einem Schrei fiel der junge Kerl auf mich. Ich drückte mich, so gut ich konnte, auf den Boden, lag versteckt unter dem Verwundeten, ungefähr eine Minute lang, vielleicht mehr, vielleicht weniger, pfiffen mir hunderttausend Metallgespenster um die Ohren, bis sich die Lage entspannte und jemand so geistesgegenwärtig war »Feuer einstellen«, »Feuer einstellen« zu rufen. Die Stille nach dem Krach schien noch tiefer zu sein.

Wenige Zentimeter vor mir sah mich der Junge mit weit aufgerissenen Augen an, er verstand nicht mehr, was geschehen war, warum der Kugelhagel ihn nicht verschont hatte. Zum Glück war Zak ein schlechter Schütze oder hatte mich in der

Nacht nicht erkennen können. Ich stellte mir vor, wie jeder der Männer mit dem Gewehr vor der Brust angespannt hinter dem Gestrüpp lag, das ihn schützte, die Dunkelheit absuchte und bei meinem und Zaks Geschützfeuer nicht anders konnte, als seine Waffe antworten zu lassen. Ich stieß den Leichnam des Jungen zurück, aus dem noch Blut gurgelte. Wir verharrten alle gut fünf Minuten in vollkommener Stille, ohne uns zu bewegen, lauschten darauf, dass die Nacht wieder zu ihrem normalen Rhythmus zurückkehrte, und kamen zu dem sicheren Schluss, dass es in diesem Talabschnitt niemanden gab außer uns.

Das Ganze war völlig absurd, idiotisch, weil ich beim Sturz ins Gras einen lauen Geruch wahrgenommen hatte, den warmen Geruch frischer Leichen, man würde sie bestimmt mit gefesselten Händen, verbundenen Augen in der Hütte finden. Eine leise, knisternde Stimme wie die eines Geists oder meines Gewissens rüttelte mich auf – sie kam aus meiner Hosentasche. Ich holte das Walkie-Talkie heraus, aus dem die Stimme weitersprudelte wie im Märchen beim Kobold in der Dose.

»Habt ihr Feindkontakt? Habt ihr Feindkontakt? Habt ihr Feindkontakt? Ich höre.«

Ich drückte auf den Sprechknopf.

»Nein, falscher Alarm, ein Versehen. Ich höre.«

»Was? Wollt ihr mich verarschen? Ich höre.«

Ich wusste nicht, was ich antworten sollte.

»Hier ist niemand, das Tal ist verlassen. Ich höre.«

»Ihr müsst fast bei der Straße sein. Bezieht dort Posten und wartet. Ende.«

Posten beziehen. In einer Stunde würde die Sonne aufgehen. Ich leerte die Taschen des Toten, nahm seinen Ausweis und drei Glücksbringer an mich – ihn konnten wir nicht mitnehmen, wir würden ihn bei der Rückkehr begraben.

Inzwischen war meine ganze Gruppe herangekommen, wahrscheinlich hatte man mich bis ans andere Ende der Welt ins Walkie-Talkie sprechen hören.

Dennoch redete ich weiter, als wäre nichts geschehen, aber mit gedämpfter Stimme. Zwei von uns zogen den Leichnam in die Hütte.

»Gut, wir marschieren weiter, die Straße muss ganz nahe sein. Sie erwarten uns jetzt wahrscheinlich schon. Wir teilen uns auf, rücken auf beiden Seiten des Bachs vor. Es muss irgendwo eine Brücke oder eine Aufschüttung geben. Sobald ihr etwas seht, geht ihr in Deckung und wartet. Die anderen sind direkt hinter uns, sie stoßen zu uns.«

Ohne weiteren Kommentar zum Vorfall an der Hütte blieb ich auf der linken Seite des Bachs. Ich hielt Ausschau nach Zak, er hatte sich ins Gestrüpp verzogen. Wir krochen auf dem Boden durch die Nacht, die etwas durchsichtiger schien, man sah jetzt die Bergflanken, die das Tal umschlossen. Mit größtmöglichem Abstand zueinander rückten wir im Schutz der Dunkelheit zwischen Sträuchern und Büschen vor. Die Angst war schlagartig verschwunden, hatte sich im vorausgegangenen Geschützfeuer aufgelöst. Der Tagesanbruch nahte, wir würden nicht in der Nacht kämpfen müssen. Ich war ruhig und gelassen. Ich würde ihn töten.

Nach einer halben Stunde konnten wir die Straße sehen, die mitten im Tal einen großen, grauen Damm bildete, eine Aufschüttung von rund zehn Metern Höhe, die unten ein dunkles, kreisrundes Loch aufwies, einen Tunnel zur Durchleitung des Wildbachs. Ich fragte mich, was wir hier verloren hatten. Es war keine Menschenseele zu sehen, weder rechts, wo die Straße talabwärts führte, noch in der anderen Richtung, die den Berg hinaufging, und schon gar nicht auf der Aufschüttung.

Es handelte sich um eine Landstraße im Gebirge, ausgefahren und schmal, nicht die Hauptverbindungsstraße für den Nachschub, die man uns beschrieben hatte. Nur eine Piste, kaum breiter als ein Pfad.

Das Tal, der Bach und die Bäume um uns wurden grau. Die Morgenröte schien vom Boden aufzusteigen, vom Tau, der verdunstete; die Temperatur stieg langsam an, man spürte eine zarte, feuchte Wärme durch das Tal ziehen. Die Berge um uns bildeten weiter vollkommen dunkle Mauern. Wir legten uns mit Blick auf die Straße in Deckung und warteten; meine Augen schlossen sich von allein, ich nickte ein und wachte zehn Mal in fünf Minuten auf. Ich lag hinter einer Art Akazie, einem dichtbelaubten Baum, der mit dem anbrechenden Tag von Minute zu Minute heller wurde, erst schwarz, dann grau und schließlich zartgrün. Der Tag begann dunstig und zittrig, und mit ihm erhob sich ein Vogelkonzert, ein Piepsen, ein Rascheln. Was taten wir hier? Ich holte das Zielfernrohr aus dem Rucksack und montierte es auf das Gewehr, inspizierte die Berge und den Himmel. Alle meine Kameraden lagen flach im Gestrüpp hinter Büschen, einige waren eingeschlafen, die anderen, darunter Zak, schauten hinter sich, ob vielleicht die Verstärkung nahte. Ich richtete das Fadenkreuz direkt auf sein Gesicht, er hatte einen Fünf-Tage-Bart und Augenringe, und er grinste nicht mehr. Dann nickte auch er ein, schloss die Augen für ein, zwei Sekunden, um sie dann wieder zu öffnen. Ich musste nur mit meinem Finger auf den metallenen Abzug drücken und alles wäre vorbei; zuerst er, und dann ich, Verurteilung und Hinrichtung waren sicher; ich hatte keine Angst. Ich streichelte sein Gesicht mit dem Visier, ein Sonnenstrahl traf ihn, ich sah ihn einschlafen; mir kamen viele Erinnerungen, auch ich war erschöpft, ich dachte an Myrna, an die Stadt, die

Straßensperren, das nächtliche Baden im Meer, meine Augen wanderten den Südhang auf der rechten Seite hinauf, er war steil, steinig, dicht bewachsen mit Pinien und Büschen. Ich folgte einem Falken oder einem ähnlichen Vogel, er flog ziemlich tief, auf halber Höhe entlang der Bergflanke, er schien zu schwimmen, sich im Himmel über dem Tal treiben zu lassen wie beim Toter-Mann-Spiel im Meer. Über ihm wurde der Himmel blau; es muss ein gutes Gefühl sein, dachte ich, sich mit den Flügeln auf dem Dunst der Morgenröte abzustützen und sich in aller Ruhe dem Wind zu überlassen, nach Beute Ausschau zu halten. Ich rechnete jede Sekunde damit, dass er sich auf etwas herabstürzte, auf eine Schlange oder eine Maus, doch er hatte es wohl nicht eilig, er beobachtete, betrachtete uns vielleicht, und ich dachte, wozu warten, Zak, wozu, wir sind schon öfter gestorben, ich drückte ab, der Kopf explodierte und der Vogel fiel in einer Garbe Blut vom Himmel.

*

Der größte Genuss ist der Atem. Die Regelmäßigkeit des Atems, das Gefühl der vollkommenen Selbstbeherrschung. Langsam ausatmen, die metallische Note schmecken, die der Atem mitbringt, dann die beißende Nachtluft tief einsaugen; dem Takt des eigenen Herzschlags lauschen. Vor allem sich nicht zu fest an die Waffe klammern, nicht die Muskeln anspannen, sich so wenig wie möglich anstrengen. Mag die Welt um einen zusammenstürzen, man muss ruhig bleiben, unerschütterlich, auf das Objekt, das Ziel konzentriert. Die sichersten Verbündeten sind Ruhe und Professionalität: Es erfordert Intelligenz und Schnelligkeit, vollkommene Selbstkenntnis. Nach der Mission im Gebirge, nach weiteren absurden Expeditionen, ziellosen

Märschen in den Hügeln, feindlichen Stellungen, die niemals fielen, hatte man uns in die Stadt zurückgeschickt. Ich war so froh, von diesem Blödsinn, dieser Energie- und Materialverschwendung befreit zu sein, dass ich beim Schießen alles gab wie in den ersten Tagen. Ich hatte einen gut eingerichteten Wachposten vorgefunden. Ich verbrachte Tage und Nächte damit, zu trainieren, ich schoss auf Möwen, auf fahrende Autos, auf feste Ziele in maximaler Reichweite. Ich bin noch besser geworden.

Ich ging fast nicht mehr nach Hause. Das Haus roch wie ein Hühnerstall nach Dreck und Tier, wie ein Käfig. Meine Mutter wusch sich nicht, putzte nichts, ich weiß nicht warum, aber ich hatte nicht den Mut, sie zu waschen, ich fand es demütigend, für sie, für mich. Sie machte eine eigenartige Phase durch, vielleicht ein neues Stadium ihrer Krankheit; einige Stunden lang war sie seltsam brav und fast normal, nahm ihre Medikamente, aß, was ich ihr daließ, und dann, immer zur gleichen Zeit, am Nachmittag, stoppte sie wie ein Uhrwerk, das aufgezogen werden musste: Sie brach in ihrem Sessel zusammen, der Kopf fiel auf die Brust, sie schlief fast ein und murmelte nur noch endlos etwas vor sich hin, wie eine Litanei oder eine Klage. Punkt elf Uhr abends ging sie dann meistens weinend schlafen und stand am nächsten Tag immer um dieselbe Zeit auf.

Ob ich zur Mittagszeit, um drei Uhr oder mitten in der Nacht vorbeischaute, ich wusste genau, wie ich sie vorfinden würde, entweder in ihrem Sessel oder in ihrem Bett oder morgens in einer großen Unterhaltung mit ihren Erinnerungen. Ihr Lieblingsspiel bestand darin, Brot in winzige Stückchen zu schneiden und sie lächelnd Stück für Stück eingebildeten Gästen anzubieten. Ich hatte der Nachbarin verboten, sie zu besuchen, weil ich mich für den Zustand der Wohnung schämte, ich nehme an, sie kam trotzdem vorbei – ein oder zwei Mal hatte ich den Eindruck, dass meine Mutter sich gewaschen hatte.

Mein wahres Zuhause war mein Posten. Er war eine vollständig eingerichtete Wohnung. Eines der Zimmer hatte ein Loch in der Wand, die perfekte Schießscharte. Ich hatte ein Feldbett aufgestellt, einen Gaskocher, alles, was man brauchte. Ab und zu kamen Kumpel vorbei, um auf dem Dach Luft zu schnappen und mir etwas zu essen zu bringen – Zak war im Süden geblieben. Wir tauschten bei meiner Abreise nur einen letzten Blick kaum eine Sekunde, schweigend, es gab nichts zu sagen.

Auch die Erinnerung an Myrna war ein wenig verblasst. Manchmal, wenn ich ein Mädchen anvisierte, das ihr hätte ähnlich sein können oder etwa ihr Alter hatte, sah ich sie wieder vor mir in ihrem Bett und stellte sie mir nackt vor, und dann verpasste ich oft den Schuss wegen der Gefühle, der Sehnsucht. Ich hatte die Demütigung ihres Fortgangs nicht vergessen, aber die Wut war ein wenig verraucht. Ich glaube, ich dachte, sie würde nie mehr zurückkommen, sie sei vielleicht tot. Manchmal stellte ich mir nachts erotische Dinge mit ihr vor, dass ich sie umarmte, dass ich sie auszog, doch meine Erinnerungen waren immer weniger lebendig, immer weniger real, als würden sie sich abnutzen.

Glücklicherweise schoss ich besser denn je.

*

Die Tage, die ich allein, ungestört mit meinem Gewehr wie ein Raubvogel auf meinem Posten verbrachte, ließen mich nach und nach vergessen, dass sich um mich andere Welten drehten, andere Vögel, andere Geschichten, die für mein Universum ungeahnte Folgen hatten. Ich verstand wohl, dass alle diese Leben nur frei nebeneinander her treibende Kreise waren, die sich manchmal überschnitten, ganz wie das Leben eines Zivilisten, der durch vielschichtige räumliche Beziehungen zwischen Kreisen, Geraden und deren Überschneidungen zufällig in meine Schusslinie geriet, weil ich ihn genau in diesem Moment durchs Zielfernrohr erblickte und er sich in diesem Augenblick sicher wähnte, weil er glaubte, seine Welt sei unerreichbar; ich wusste nicht, dass der Kreis, den meine Kugel durchquerte, indirekte Folgen für meine eigene Welt hatte, dass jede abgeschossene Patrone das Gleichgewicht, das ich geschaffen hatte, unmerklich verschob und es schließlich kippen würde und dass in Wirklichkeit all diese Kreise, all diese Geraden und Schusslinien in einem rätselhaften Raum miteinander verbunden waren.

Manchmal kann man in einem plötzlichen Moment der Klarheit für den Zeitraum eines Augenblicks den Abgrund sehen, die Nacht, in die man abrutscht; man will es jedoch nicht wahrhaben und klammert sich noch fester an das, was man hat. Man kämpft gegen sich selbst, um weiter die Augen davor verschließen zu können, als würden diese Gefahren wie durch ein Wunder von selbst verschwinden; man flüchtet sich in Wut, in Aktionismus, um sich zu bewahren, um das Gefühl zu behalten, man könne den Lauf der Ereignisse kontrollieren wie ein wildes Tier, das ungeachtet der Gefahr sein Leben riskiert, anstatt die Beute loszulassen.

Ich wagte nicht, es mir einzugestehen, aber Zak fehlte mir ebenso wie Myrna.

Der Krieg spülte sie wieder in die Stadt. Ich hatte nicht mehr daran gedacht, doch in der Zwischenzeit war der Krieg in den

Bergen weitergegangen, hatte die Dörfer weiter nördlich und auch das von Myrna erreicht. Die Zivilisten waren geflohen.

Ich hörte die Nachricht im Radio, eines Abends erkannte ich klar und deutlich den Namen des Dorfes wieder. Ich wusste nicht, ob es eine gute oder eine schlechte Nachricht war. Ich war auf meinem Posten, lag im Dunkeln in meiner neuen Behausung. Ich wusste nicht genau, was ich tun sollte. Bestimmt war sie schon bei ihrer Tante. Vielleicht hatte sie bei mir zu Hause vorbeigeschaut. Ich konnte den Gedanken nicht abwehren, dass sie womöglich Lust gehabt hatte, mich zu sehen, dass sie an mich gedacht hatte wie ich an sie.

Ich lag einen Gutteil der Nacht auf dem Rücken und dachte nach. Gegen drei Uhr morgens stand ich auf, um eine Runde auf dem Dach zu drehen, ich betrachtete die Stadt. Es war dumm, aber es drängte mich, nach Hause zu gehen und nachzusehen, ob sie dort war, ob ich sie wie früher in ihrem Zimmer vorfinden würde. Ich wusste, dass das unmöglich war, aber ich musste es tun. Gegen vier Uhr verließ ich meinen Posten, ging zu Fuß durch die halbe Stadt, bevor ich auf eine Patrouille stieß, die mich vor unserem Haus absetzte. Die Straße war ruhig, nirgends brannte Licht.

Beim Öffnen der Tür schlug mir der übliche Geruch entgegen, es stank nach Schmutz und Staub. Kein Zweifel, sie war nicht da, ich wusste, ich war ein Narr gewesen. Meine Mutter schlief selig in ihrem Zimmer. Ich setzte mich auf den Balkon, ich wartete auf das Ende der Nacht, indem ich mir tausend Szenarien für den nächsten Morgen ausdachte.

Als ich die Sonne aufgehen sah, machte ich mir einen bitteren, schwarzen Kaffee. Meine Mutter kam aus ihrem Schlafzimmer, sie sah mich an ohne jede Überraschung, grüßte mich nicht. Wahrscheinlich erkannte sie mich nicht. Wie ein Automat ging sie ihre Medikamente holen. Beim Gehen schwankte sie nach rechts und nach links und machte winzig kleine Schritte. Ich beobachtete sie dabei, wie sie sehr sorgfältig die Tabletten aus ihrem Papierumschlag holte, einen täglich, wie Myrna es ihr beigebracht hatte. Sie drehte jede einzelne in alle Richtungen, bevor sie die Pillen hübsch, in regelmäßigen Abständen, auf dem Tisch aufreihte. Sie betrachtete sie, zählte und zählte sie noch einmal mit dem Finger. Dann zerkleinerte sie eine nach der anderen mit dem Rand des Glases. Sie spielte mit jedem Stückchen, bevor sie es mit etwas Wasser schluckte. Anschließend fegte sie den Puder, der auf dem Tisch verblieben war, sehr vorsichtig mit der Hand zusammen und schluckte alles, ohne ein Körnchen zu verlieren. Dann nahm sie ein Stück hartes Brot und begann auch das zu zerkrümeln. Ich stellte meine Kaffeetasse in den Ausguss, sie stand direkt daneben, spielte weiter mit dem Brot, und ich ging aus dem Haus.

Ich marschierte bis zum Kommandoposten um die Ecke, ich brauchte ein Auto, um Myrna zu suchen. Ich hatte es mir gut überlegt, die Tante würde bei meinem Anblick vor Todesangst erstarren und sicher zulassen, dass ich Myrna nach Hause holte. Myrna würde nichts sagen. Sie würde es geschehen lassen. Ich zögerte, ob ich noch einen oder zwei Tage warten sollte, aber das wäre idiotisch gewesen, hätte nichts geändert. Ich fühlte mich stark und war voller Zuversicht. Wie beim letzten Mal bat ich um einen Wagen und jemanden, der ihn fuhr; ich steckte eine automatische Pistole vorne in meinen Gürtel, über dem Hemd, damit sie nicht zu übersehen war.

Der Offizier vom Kommandoposten ließ sich ohne Probleme beschwatzen; ich war ein bekannter und respektierter Kämpfer, er entsprach meiner Bitte und überließ mir für eine Stunde einen Jeep.

Während der Fahrt bekam ich feuchte Hände und mein Rücken an der Lehne war verschwitzt. Ich fragte mich, ob ich nicht im Irrtum war. Um mich zu konzentrieren, atmete ich tief. Wir fuhren langsam in einer gewaltigen Flut hupender Autos an der Küste entlang. Meinen Fahrer kannte ich nur vom Sehen. Er stellte keine Fragen. Gerne hätte ich jetzt Zak dabeigehabt. Idiotisch. Schließlich kamen wir ins Viertel, wo die Tante wohnte, direkt neben ihrem Haus hatten Kameraden eine Straßensperre eingerichtet. Sie grüßten uns, notfalls war auf sie immer Verlass. Schließlich waren wir das Gesetz, sorgten für Ordnung, und ich war im Recht. Ich wurde immer aufgeregter.

Ich sagte dem Fahrer, er solle vor dem Haus auf mich warten. Drei Jungs spielten auf der Straße Fußball und vor dem Eingang unterhielten sich zwei Frauen angeregt. Ich stieg die Treppe hinauf, langsam, holte immer tief Luft, doch es war nichts zu machen, als ich oben ankam, war mein Puls auf hundertachtzig. Die Türkette war nicht vorgelegt, sie waren zurückgekehrt. Ich klopfte sehr stark, fast mit der Faust, was keineswegs beabsichtigt war. Ich hatte das Gefühl, ich wartete ewig, ich hörte schleppende Schritte hinter der Tür, endloses Schlurfen über die Fliesen. Dann ging die Tür auf und ich wusste nicht, was ich sagen sollte.

Die Tante erkannte mich sofort. Ihr speckiges Gesicht sah aus, als würde es schmelzen, sie wich zurück, einen Moment dachte ich, sie würde mir die Tür vor der Nase zuschlagen. Doch ihre Angst siegte. Sie sperrte den Mund auf, brachte nichts hervor als ein entgeistertes »Ja?«, und ich hörte deutlich Myrnas Stimme aus dem Wohnzimmer:

»Wer ist es?«

Ich hätte gern geantwortet, aber dazu war ich nicht imstande. Ich wusste nicht genau, was ich tun sollte, starrte die Tante

an, die mich tonlos, mit belegter Stimme aufforderte herein-
zukommen.

Mir war sofort klar, dass ich keine Probleme bekommen
würde, denn sie waren Memmen, Feiglinge, die vor Angst vergingen.

Wortlos trat ich ein, die Tante redete pausenlos:

»Wie nett von Ihnen, dass Sie uns besuchen, haben Sie von
unserem Unglück gehört, ach, was für eine traurige Sache, was
für ein Grauen, dieser Krieg. Wir haben im Bombenhagel zu-
sammengepackt. Bestimmt ist das Haus inzwischen zerstört.
Was für ein Unglück. Dabei haben die Soldaten getan, was sie
konnten … möge Gott uns vor der Barbarei verschonen. Zum
Glück haben wir diese Wohnung, sonst hätte ich nicht gewusst
wohin. Wissen Sie, die Leute kommen in die Stadt und wissen
nicht, wohin sie sollen, nicht wahr, die Lage ist schrecklich.
Und man kann nicht immer auf die Familie zählen!«

Ich hätte ihren Redefluss gerne gestoppt, so erbärmlich war
sie. Sie schwitzte vor Angst. Auf ihrem Kleid breitete sich über
dem riesigen Busen ein dunkler Fleck aus. Sie fauchte wie eine
Katze.

»… kaum waren wir da, ohne Wasser, ohne nichts, ist mein
Sohn fortgegangen, um …«

Sie hatte mir den Rücken zugedreht, ging vor mir ins Wohnzimmer, ohne ihren Redefluss zu stoppen, vielleicht, um Myrna vor dem, was kam, zu warnen.

»Und Ihre Mutter? Wie geht es der armen Frau? Mein armer
Mann, Gott schütze ihn, hatte am Ende auch nicht mehr den
Kopf beisammen. Aber Ihre Mutter ist jung, nicht wahr? Was
für ein Unglück, was für ein Unglück.«

Wir kamen ins Wohnzimmer, mit der Hand wies sie mir
einen Sessel zu. Ich blieb lieber stehen. Keine Spur von Myrna.

Ich hatte noch immer nichts gesagt. Die Alte ließ sich aufs Sofa fallen.

»Myrna kommt gleich. Sie wird sich über Ihren Besuch freuen!«

Sie begann zu rufen:

»Myrna! Bringst du uns einen Kaffee, Liebes!«

Meine Waffe drückte unangenehm gegen den Bauch, ich hätte sie gerne gezogen und diesen scheußlichen Fleischberg auf dem Sofa damit zerlegt. Sie hörte nicht auf:

»Wir waren sehr traurig, als wir das letzte Mal so schnell abreisen mussten. Ich habe selbst zu Myrna gesagt: Das gehört sich nicht, Liebes, du solltest diesem Herrn wenigstens sagen, dass du fortgehst, er rechnet mit dir, der Arme, so allein mit seiner kranken Mutter. Das war sehr ungehörig, aber Sie wissen ja selbst, die jungen Mädchen heute machen, was sie wollen, einen Tag dies, den nächsten Tag das. Ich bin sicher, der Herr hat Verständnis, sagte ich zu ihr, er wird deinen Wunsch verstehen, aufs Dorf zu gehen, bei diesem Krieg, der nicht aufhört. Was macht sie bloß mit dem Kaffee? Er ist doch fertig. Myrna, den Kaffee! Wo war ich stehengeblieben? Ach, ja, es tat uns leid, aber man kann es ihr nicht verübeln, nicht wahr?«

Sie schien sich beim Sprechen selbst zu beruhigen, als ob ich gar nicht wirklich existierte, als könnte sie die Gefahr durch ihre stupide Litanei bannen. Ich blieb stehen, ohne ein Wort zu sagen, wartete darauf, dass Myrna aus der Küche kam. Je länger die Tante sprach, umso deutlicher spürte ich, dass sie sich vor mir fürchtete, und umso ruhiger wurde ich; am liebsten hätte ich ihr gesagt: Halten Sie Ihren Mund, geben Sie mir Myrna, dann tue ich Ihnen nichts.

»… und sicher hatten Sie es hier auch nicht einfach bei den ganzen Bombardierungen und so. Zum Glück ist es in diesem

Viertel ruhig, wie Sie sehen, hat das Haus nichts abbekommen und die Straße fast nichts. Ach, wenn mein Cousin sein Geschäft hier gehabt hätte, wäre er noch am Leben, möge er in Gott ruhen, was für ein Unglück, ein Mädchen in diesem Alter zu hinterlassen, zum Glück gibt es Leute wie Sie, die sich darum kümmern. Was macht sie bloß mit dem Kaffee? Myrna, wo bleibst du denn?«

Mein Schweigen schien sie nicht zu stören. Sie sah mich kaum an, drehte den Kopf beim Sprechen nach allen Seiten, ihr Blick streifte durch die Wohnung wie ein Scheinwerfer. Ich stand noch immer da mit verschränkten Armen, schließlich nahm ich in aller Ruhe Platz im Sessel ihr gegenüber. Um mich hinzusetzen, musste ich meine Waffe aus dem Gürtel ziehen, die ich in den Knick des Kissens legte, die Tante schreckte zusammen, als hätte ich geschossen. Bestimmt zog sich Myrna um, wahrscheinlich war sie noch im Nachthemd, als ich kam. Die Tante redete weiter. Ich begann, ungeduldig zu werden, sie merkte es wohl, plötzlich schrie sie:

»Myrna, was ist, wo bleibst du?«

Und sie kam.

Sie trug eine Jeans und ein langes, kariertes Herrenhemd. Sie hielt ein Tablett in der Hand, auf dem eine Kaffeekanne und zwei Tassen zitterten und klirrend aneinanderstießen. Sie ging durch das Wohnzimmer, ohne mich anzusehen, und als ich ihr Profil sah, schnürte mir etwas, wahrscheinlich die starken Gefühle, die Brust zusammen. Sie stellte das Tablett schroff auf dem niedrigen Tisch ab, ein wenig Kaffee schwappte über. In ihrem Gesicht sah ich lange Tränenspuren, ihre Augen waren gerötet.

»Na, endlich. Danke, Liebes. Setzt dich einen Augenblick zu uns.«

Ich sah, dass Myrnas Hände zitterten, sie setzte sich mir gegenüber, sah ihre Tante an, ich wusste nicht, was ich sagen sollte. Ich versteckte die Waffe unter meinem Bein.

Die Tante goss Kaffee ein, sie plapperte weiter, erzählte irgendetwas aus dem Dorf, von ihrer Angst am Tag, bevor sie unter Beschuss in die Stadt zurückkamen.

»Wie geht es dir?«, fragte ich Myrna, um ein Gespräch in Gang zu bringen, meine Stimme klang schroff und seltsam, sie schreckte hoch und drehte sich zu mir, in ihrem Gesicht zuckte ein Muskel wie bei einem Tick. Ich lächelte sie an, damit sie sah, dass ich nicht böse auf sie war, dass meine Wut verraucht war.

»Ich habe gehört, was in den Bergen geschehen ist, ich wollte wissen, ob bei euch alles gut ist, deshalb bin ich gekommen.«

»Siehst du, das ist doch nett von dem Herrn, dass er sich sorgt«, antwortete die Tante.

»Wie ... wie geht es deiner Mutter?«

Auch Myrnas Stimme war verändert, aber sie beruhigte sich etwas. Ich beschloss, sie an einem anderen Tag nach Hause zu holen. Ich wollte am nächsten Tag wiederkommen. Sie saß da, ihr Gesicht wärmte mir ein wenig das Herz und brachte nach und nach den Hass und die schlechten Erinnerungen zum Verschwinden. Lächelnd antwortete ich:

»Es geht ihr gut, sie nimmt ihre Medikamente. Sie erkennt mich nicht mehr, aber sie spricht von dir, oft sagt sie deinen Namen. Ich bin froh, dass bei euch alles gut gegangen ist.«

»Danke, das ist wirklich nett von Ihnen. Man erlebt so selten, dass sich Leute um ihre Mitmenschen sorgen! Ach, dieser Krieg hat Wilde aus uns gemacht, ja, Wilde.«

Ich konnte die Jeremiaden der Alten nicht mehr ertragen.

»Gut, wenn ihr nichts braucht, will ich nicht länger stören.«

»Aber Sie werden doch nicht gleich wieder gehen, trinken Sie doch wenigsten noch einen Kaffee mit uns!«

Ich spürte eine schreckliche Erleichterung in ihrer Stimme. Ich sah ihr direkt in die Augen und sagte:

»Nein, heute nicht.«

Ich weiß nicht, warum, aber ich wollte einfach nur auf der Stelle verschwinden. Ich war froh, dass mir eingefallen war, am nächsten Tag wiederzukommen, denn ich wollte keine Sekunde länger mit dieser alten Schachtel verbringen. Ich nahm meine Waffe, steckte sie im Rücken in meine Hose und stand auf. Myrna sah mich überrascht an.

»Bis bald«, sagte ich.

Sie begleitete mich zur Tür, bestimmt aus einem Reflex heraus, die Tante folgte uns auf den Fersen.

Sie sah mich an, als würde sie nichts begreifen.

Ich verabschiedete mich und ging. Sobald die Tür hinter mir ins Schloss fiel, hörte ich ihre Tante:

»Was bist du für ein Dummkopf! Du siehst doch, dass dieser Junge es gut mit uns meint.«

*

Kaum war ich zu Hause, machte ich mich ans Putzen. Ich schob die Möbel zur Seite, wischte, staubte die Regale ab, putzte die Küche, das Badezimmer, die Schlafzimmer. Meine Mutter wuselte lachend um mich herum, umkreiste mich wie ein Kind. Die Arbeit tat mir gut. Ich wechselte die Bettwäsche, schüttelte die Betten auf; ich ging zum Lebensmittelhändler, füllte den Speiseschrank. Ich holte saubere Kleider für meine Mutter aus ihrem Wandschrank, ich führte sie ins Badezimmer, sie zog sich ganz allein aus. Sie wollte sich nicht waschen, ich musste sie mit Gewalt unter die Dusche zwingen.

Innerhalb von zwei Stunden war die Wohnung sauber.

Dann kochte ich mir den Kaffee, den ich bei der Tante abgelehnt hatte, und trank ihn auf dem Balkon. Morgen früh würde ich Myrna holen. Ich war sicher, sie würde aus freien Stücken mitkommen, ich weiß nicht warum. Ich wunderte mich über mich selbst. Warum hing ich eigentlich so sehr an diesem Mädchen? Ich hatte meine Gewohnheiten, für sie würde ich sie ändern, meine Insel verlassen, ganze Tage hier sein müssen. Doch ich brauchte mir nur vorzustellen, wie sie in der Wohnung zugange war, wie sie vor sich hin sang, wie ich sie durch die Fensterläden in ihrem Zimmer sah, brauchte mich nur an den Duft ihres Haars erinnern, schon hätte ich sie am liebsten sofort, heute noch geholt.

Ich hatte beschlossen, einen Monat zu warten, bevor ich die Tante erschießen würde. Myrna wäre dann bereits einen Monat hier, hätte sich wieder eingewöhnt, und um ihr jede Möglichkeit zur Flucht zu nehmen, würde ich die Tante töten. Außer uns hätte Myrna dann fast keine Familie mehr und würde bei uns bleiben. Ich stellte mir schon die Szene vor: Ich würde die Alte am späten Abend aus der Ferne durch das Wohnzimmerfenster erschießen. Es sei denn, sie käme auf den Gedanken, bei Anbruch der Nacht auszugehen.

Als der Nachmittag zu Ende ging, kehrte ich auf meinen Posten zurück. Auch wenn ich offiziell ein Kämpfer war, ließ man mich in Ruhe: Wenn nichts los war, tat ich, wozu ich Lust hatte. Ich hatte mich in der Stadt und in den Bergen bewährt, man wusste, man konnte im Ernstfall auf mich zählen.

An diesem Abend nahm ich mein Gewehr und mein Fernglas und wechselte das Stadtviertel. Ich ging nach Süden und verbrachte die Nacht auf dem Dach eines verlassenen Hauses. Ein einziger Schuss. Ich erinnere mich gut daran, es war eine Frau, die sicher gerade mit ihrem Mann gestritten hatte, sie kam aus einem Gebäude gestürmt, schimpfte und zeigte dem Haus, das sie gerade verlassen hatte, die Faust. Ein warmes Licht fiel von einem Balkon auf die Straße. Dann schien sie zu zögern, ob sie zurückgehen sollte, sie sah in die Nacht, als könnte sie es nicht fassen, wusste nicht, wohin sie gehen sollte, sie machte einen Schritt zurück, und ich traf sie mitten in den Rücken, ein perfekter Schuss. Niemand kam aus dem Haus, um nachzusehen, was ihr geschehen war.

Danach kehrte ich auf meinen Posten zurück, um ein wenig Wache zu schieben, vor allem, um die Nacht zu genießen – ich hatte keine Lust, mich hinzulegen, zu träumen, an Myrna und den kommenden Tag zu denken. Mit meinem Gewehr war ich zumindest gedanklich beim Krieg, bei den Schüssen, ich war beschäftigt, auch wenn ich nur in die Dunkelheit spähte. Das Meer zu meiner Linken war ein riesiger und tiefer Teppich, es hob sich durch nichts als den Geruch von der Nacht ab, nicht einmal durch sein Rauschen. Die Nacht war ruhig. Nirgendwo fielen Bomben, in der Ferne sah man noch einige Lichter. Wenn ich glaubte, eine Bewegung beobachtet zu haben, nahm ich manchmal das Fernglas und versuchte zwischen den Schattierungen der Nacht zu erspähen, ob jemand versuchte, sich einzuschleusen, oder lediglich eine Katze, eine Möwe einen Ausflug unternahm. Im Dunkeln ist es unmöglich, wirklich zielführend zu operieren. Jeder kann sich einschleusen, es reicht aus, wenn man die Gegend ein wenig kennt und an den Mauern entlanggeht. Die wenigen in Stellung gebrachten Scheinwerfer decken nicht einmal ein Zehntel des Geländes ab und sie befinden sich in den breitesten Straßen. Hier, wo niemand richtig weiß, wo das von ihm kontrollierte Gebiet anfängt oder endet, sind die einzigen wirklichen Gefahren, mit denen man rechnen muss, irgendwelche Minen, die wir gelegt haben, oder dass der Mond ausgerechnet in dem Augenblick sein Licht auf eine Bewegung, eine Gestalt am Ende einer Straße wirft, wenn ein Scharfschütze genau diese Kreuzung im Visier hat.

Mit dem Kampfgeschehen hatte das nichts zu tun. In manchen Nächten, besonders im Sommer, hatte es Zusammenstöße an der Front gegeben, doch das waren stets völlig zusammenhanglose Aktionen, ein wenig wie ein Zeitvertreib oder um in Übung zu bleiben. Viel Dauerfeuer und Leuchtmunition für wenig Ergebnis. Seit einiger Zeit hatte sich der Krieg verlagert, und hier behielt man nur die alten Gewohnheiten bei, bis er zurückkehrte – dann würden dieselben Kämpfer, die sich jetzt halbherzig Gefechte lieferten, um jede Straße, jedes Haus kämpfen, als wären es ihre. Man hatte den Eindruck, der Krieg war ein lebendiges Wesen, das Gefechte auslöste, wohin es sich bewegte, und dessen bloße Gegenwart die Auseinandersetzungen wieder aufflammen ließ, eine jener antiken Gottheiten, von denen man uns im Gymnasium erzählt hatte – eine Göttin mit Schlangenhaar. Von einem Tag auf den anderen änderten wir uns, ohne zu verstehen, was uns verändert hatte und warum wir heute mit aberwitziger, unerhörter Wut gegeneinander um eine Stellung kämpften, die bis dahin vollkommen uninteressant gewesen war. Und das war keine Frage von Befehlen, Befehle kamen immer hinterher, sie kanalisierten die kriegerische Energie, die wir in Gang setzten.

Der Tag brach an, ohne dass ich Müdigkeit empfand. Ich kehrte mit der Ablösung der Straßensperren nach Hause zurück, die Wohnung roch nach Wasch- und Desinfektionsmittel, meine Mutter schlief noch.

Ich duschte und fing an, vor Ungeduld unruhig auf und ab zu gehen, der Schlafmangel machte mich nervös. Um mich zu beruhigen, ging ich nach draußen, drehte eine Runde durchs Viertel, das sich zu regen begann, die ersten fahrenden Händler riefen ihre Waren aus, die Geschäfte öffneten, die Straßen füllten sich mit dem Hupen der Taxis. Ich frühstückte ein Sandwich und unterhielt mich währenddessen mit dem Kellner; der Lebensmittelhändler baute seine Auslagen auf, ich ging bei ihm vorbei, um Guten Tag zu sagen, es schien ihn zu überraschen, dass ich so früh schon unterwegs war. Wir unterhielten uns kurz, über das Wetter oder sonst was. Er fühlte sich dabei nicht besonders gut, ich spürte, dass er noch immer Angst hatte vor mir. Am liebsten hätte ich ihm gesagt, dass Myrna heute Morgen zurückkommen werde, aber ich riss mich zusammen – er würde es bald mit eigenen Augen sehen.

Langsam wurde ich müde, deshalb legte ich mich in der Wohnung einen Augenblick hin; gegen elf Uhr wachte ich auf, das passte, und ich brach auf, um sie zu holen.

Ich dachte, Myrna hätte verstanden, dass ich an diesem Morgen wiederkommen würde; ich hoffte, dass sie bereits gepackt hätte. Dass sie ihre Tante gern verlassen würde, nachdem sie deren feigen Auftritt am Vorabend erlebt hatte – so jedenfalls hätte ich es an ihrer Stelle gesehen. Sie hatte sich nach meiner Mutter erkundigt, sie schien sich um sie zu sorgen. Außerdem war sie intelligent genug, um zu begreifen, dass sie heute keine Wahl hatte. Ich ging wieder zum Kommandoposten, um einen Kumpel zu bitten, mich zu fahren, es lief erneut problemlos bis auf die Staus, die uns Zeit kosteten.

Vor dem Gebäude angekommen, rannte ich fast die Treppe hinauf bis vor die Wohnungstür, ich klopfte drei Mal hart, und nach fünfzehn Sekunden öffnete mir dieses Mal Myrna selbst. Sie sagte:

»Ich wusste, dass du zurückkommen würdest.«

Meine Brust zog sich zusammen, ich war eingeschüchtert wie ein Kind. Sie bedeutete mir, einzutreten, ihr Gesicht war nicht zu deuten. Sie trug ein Hauskleid und ich sah ihren stark gebräunten Nacken. Sie bot mir denselben Platz im Wohnzimmer an, in der Küche klapperte jemand mit Geschirr.

»Warte kurz«, sagte sie zu mir.

Die Tante kam, wie immer mit ihrem Tablett.

»Haben Sie nun doch Ihre Meinung geändert und nehmen einen Kaffee? Richtig so. Es ist eine Freude, Besuch zu empfangen.«

Sie war entspannter als am Vortag. Ich konnte nicht widerstehen, sie mir tot vorzustellen, niedergestreckt auf einer dunklen Straße, den Kopf in einer Blutlache.

»Ich möchte Sie um einen Gefallen bitten.«

Ich war darauf vorbereitet, freiwillig einen Kniefall zu machen, mich vor ihr zu erniedrigen, denn ich wusste, dass sie bereits tot war und es keine Bedeutung hatte.

»Ach so, worum geht es denn?«

»Ich hätte gerne, dass Myrna zu uns kommt und mir diese Woche ausnahmsweise behilflich ist. Ich werde nicht da sein, und da sie meine Mutter bereits kennt … Natürlich nur, wenn sie einverstanden ist.«

Ich setzte eine besorgte Miene auf und war froh, dass Myrna das nicht sehen konnte. Ich fragte mich, ob sie in der Küche oder in ihrem Zimmer lauschte.

»Aber sicher, ich verstehe … Wissen Sie, für ein junges Mädchen ist das kein Spaß … Aber wenn es sich nur um eine Woche handelt … Am besten fragen Sie sie selbst …«

»Selbstverständlich werde ich sie bezahlen«, fügte ich hinzu.

»Ach, wissen Sie, das Geld ist kein Problem, wir sind ja nicht darauf angewiesen. Doch sie wird sich über ein wenig Taschengeld freuen, dann kann sie sich ein paar Kleinigkeiten kaufen.«

Bestimmt, verlogenes Biest, dachte ich.

Sie rief Myrna, die Szene glich einem Brauthandel, ein lächerlicher Zirkus. Myrna setzte sich, sie ließ ein »ja?« hören, als hätte sie keine Ahnung, worum es ging. Sie spielte das Spiel auf das Vollkommenste mit. Die Tante erklärte ihr, sie solle diesem jungen Mann, der so liebenswürdig zu ihnen war, diesen Gefallen tun. Myrna tat, als zögerte sie eine kleine Weile, »nun ja …, also wenn …«, hörte ich sie sagen und dabei lächelte sie mich schließlich an: »Wenn es nur für eine Woche ist, dann …«

Sie bat mich, einen Augenblick zu warten, bis sie ihre Sachen gerichtet habe. Ich trank den Kaffee, den die Tante mir anbot. Sie schwatzte mir die Ohren voll, klagte am laufenden Band, sie habe erfahren, dass ihr Haus oben im Dorf zerstört sei, ihr Sohn habe am Vortag eine Stelle als Lehrling bei einem Automechaniker gefunden, der sehr grob, aber im Grunde ein guter Mann sei, und der den Kleinen anständig ausbilden würde, wie ein Mann eben, notfalls auch mit Tritten in den Hintern.

Myrna kam mit ihrem Koffer, sie verabschiedete sich von ihrer Tante, ich hatte es eilig. Ich stand auf, nahm den Koffer, die Tante brachte uns an die Tür, sie sagte Myrna, sie komme in der Woche vielleicht vorbei, ich dankte der Tante überschwänglich, fast wurde sie rot. Wir gingen die Treppe hinunter, auf dem unteren Treppenabsatz drehte sich Myrna zu mir um und sagte leise:

»Du … du wirst sie nicht töten, ja?«

Ich wusste nicht, was ich antworten sollte, deshalb schwieg ich.

Sie sagte kein Wort mehr, bis wir zu Hause waren.

*

Meine Mutter erkannte sie sofort, sie bereitete ihr einen eindrucksvollen Empfang. Sie stieß Freudenschreie aus, berührte sie, Myrna hatte Tränen in den Augen, sie streichelte meiner Mutter über das Haar wie einem kleinen Mädchen. Dann räumte sie ihre Sachen in ihr Zimmer, in die Schränke, die ich am Vortag geputzt hatte. Sie fragte mich, ob Einkäufe erledigt werden müssten, ich sagte, ich wisse es nicht, ich hätte einiges eingekauft, aber es sei besser, sie sähe selbst nach.

Sie ging hinunter zum Lebensmittelhändler und in die Bäckerei, ich sah ihr vom Balkon aus nach. Sie war ungeheuer schön, ihr Gang war jetzt mehr der einer Frau, nicht mehr der eines Kindes. Mir kam es so vor, als wäre ihr Gesicht etwas länger, ihr Busen fülliger geworden. Ich fühlte mich wie auf dem Dach der Welt, als ich sie vom Balkon aus durch die Straße gehen und beim Lebensmittelhändler halten sah, mit dem sie sich eine Weile unterhielt, und ich war überzeugt, dass alle Passanten sie schön fanden.

Als sie zurückkam, legte ich mich schlafen, meine Augen fielen von selbst zu. Ich schlief wie ein Bär, keine Ahnung, ob ich geträumt habe oder nicht.

Myrna saß auf dem Balkon und las, als ich aufwachte; ich setzte mich ihr gegenüber, sie lächelte mir zu.

»Wie war es im Dorf?«, fragte ich.

»Schön, außer am Ende, sie haben uns zwei Tage lang bombardiert, wir konnten nicht mal raus. Und hier?«

»Keine besonderen Vorkommnisse. Ich war eine Zeitlang in den Bergen und habe gekämpft, dann bin ich zurückgekommen. Das Übliche.«

»Weißt du ... meine Tante hat große Angst, aber sie ist kein schlechter Mensch.«

»Ja ... Und du?«

»Und was ich?«

»Hast du Angst?«

Sie zögerte kurz.

»Ich ... ich weiß nicht. Früher, ja. Heute weiß ich es nicht.«

Ich fragte mich, wer von uns beiden sich verändert hatte. Vielleicht, weil ich mir Mühe gegeben hatte, beruhigend zu wirken. Vielleicht, weil ich weniger Angst einflößte als früher. Vielleicht, weil sie sich an den Krieg gewöhnt hatte. Vielleicht, weil sie erwachsener geworden war. Vielleicht alles zusammen.

*

Ich erinnere mich genau, dass für mich der Krieg früher begonnen hatte als für die anderen, nämlich mit dem Tod meines Vaters, als ich fünfzehn war. Ich wollte, dass er starb, ich dachte die ganze Zeit daran, ich weiß wirklich nicht mehr, warum, vielleicht, weil er mich lange Zeit zuvor einmal geschlagen, vor allen anderen gedemütigt hatte. Ich dachte einfach, dass es gut wäre, wenn er sterben würde. Damals arbeitete meine Mutter im Büro bei einer ausländischen Bank im Stadtzentrum zusammen mit dreißig anderen Sekretärinnen. Ich ging auf ein Gymnasium nicht weit von uns entfernt, eine Privatschule. Mein Vater betreute Baustellen, er beschäftigte vierzig Immigranten zu einem Elendslohn. Mein Bruder hatte sein Abitur gemacht, er wollte auf die Universität, aber mein Vater wollte, dass er bei ihm arbeitete, er brauchte jemanden, dem er vertrauen konnte, wie er immer sagte. Kaum war er tot, ist mein Bruder ausgewandert.

Damals dachte kein Mensch an Krieg, man dachte an Probleme. Immer war die Rede von Problemen, von politischen, ökonomischen, internationalen, zwar blühte der Waffenhandel wie Bäume im Frühjahr, doch niemand hätte sich vorstellen können, welch endgültiger Wandel in Gang war.

An dem Tag, als mein Vater vom Gerüst fiel, wurde sofort vermutet, dass ihn jemand herabgestoßen hatte, man verdächtigte einen der Immigranten, die er ausbeutete: Mein Vater war hinaufgestiegen, um einen Maler wegen irgendeiner Sache anzuschnauzen, dabei stürzte er ab. Zwei Minuten später waren alle Arbeiter verschwunden.

Ich hatte mich so sehr nach einer Veränderung, einem großen Wandel in meinem und dem Familienleben gesehnt, ich hatte mir den Unfalltod meines Vaters unter natürlichen Umständen so sehr gewünscht und war mir so sicher gewesen, dass er eines Tages nicht mehr nach Hause kommen würde, dass ich gut darauf vorbereitet und weder überrascht noch traurig war, als man mich aus dem Klassenzimmer holte und wegen eines dringenden Notfalls nach Hause schickte. Ich wusste, dass in gewisser Weise ich es war, der ihn getötet hatte. Meine Mutter brach zusammen, ihr ganzes Leben war immer geregelt, gelenkt, kontrolliert worden, zu Hause von diesem Mann und auf der Arbeit von ihrem Chef, plötzlich verlor sie jede Haltung, jeden Willen. Ich fing an, Albträume zu haben, ich sah mich auf einem Gerüst, auf dem Dach eines Gebäudes meinen Vater in die Leere stoßen, oder manchmal war ich es, der von sehr weit oben, von einem Hochhaus herabfiel, und immer wachte ich auf, bevor ich unten aufprallte. In meinen Träumen war ich immer in großer Höhe unterwegs. Sobald ich alt genug war, ging ich zu den Pfadfindern, man brachte uns bei, im Gleichschritt zu marschieren und zu schießen. Ich erinnere mich an das Gefühl, als ich das erste Mal eine Waffe in den Händen hielt, ich kam mir vor wie im Traum. Wir schossen im Liegen auf starre Ziele. Ich spürte das Gewehr an meinem Körper. Das Ziel war eine menschliche Silhouette, bei der ich trotz der Entfernung einen Treffer landen musste. Ich drückte zu stark auf den Abzug, weil ich mich komplett verkrampft hatte. Ich traf nicht. Die Silhouette verschwand. Der erste Knall einer Patrone in meinen Ohren, der erste Pulvergeruch.

Ich sah, wie meine Mutter immer mehr abbaute. Wir waren nur noch zu zweit und ich musste mich um fast alles im Haus kümmern, weil sie regelmäßig die meisten Dinge vergaß, die zu tun waren. Einige Monate später gab sie ihre Arbeit auf, sie brachte nicht mehr den Mut auf, dort hinzugehen, oder sie schaffte es nicht mehr dorthin, was auf dasselbe hinausläuft. Der Beginn der Kampfhandlungen hat sie vollends aus der Bahn geworfen. Sie verstand nicht, was da vor sich ging, überall Granaten, Schüsse, Soldaten. Sie war woanders. Doch sie hatte begriffen, dass ihr Sohn beteiligt war, sie sah mich in Uniform, bewaffnet, sie sah, dass ich tagelang verschwand, um blass und zitternd wie aus einer anderen Welt zurückzukehren – am Anfang muss man sich daran gewöhnen. Die Schreie, die Leichen, das Blut, die Angst, anfangs hat man Albträume, Schweißausbrüche, man weint allein in seinem Bett. Doch das geht vorüber, man gewöhnt sich nach und nach an die psychische Erschöpfung durch den Kampf, man wächst, man gewöhnt sich sogar an die Albträume, die wie ein innerer Spiegel des Tages sind. Glücklicherweise half mir das Schießen, die Spannungen loszuwerden. Wenn es ruhig war und ich einige

Tage der Front fernbleiben konnte, hatte ich manchmal ein unerträgliches Pfeifen in den Ohren wie nach einer Explosion. Dagegen half nur eines, mein Gewehr zu nehmen und schießen zu gehen; wie durch ein Wunder verschwand das Pfeifen mit der ersten Patrone.

Ich betrachtete Myrna auf dem Balkon, auch für sie hat der Krieg begonnen, als eine Bombe ihren Vater niedermähte, dachte ich, und obwohl sie ein Mädchen war, empfand sie gewiss wie ich. Nach und nach hatte sie sich daran gewöhnen müssen, sie war gezwungen gewesen, sich zu verändern, um der Welt, die uns umgab, ähnlich zu werden, sie hatte ihre Angst kontrollieren und lernen müssen, damit umzugehen, sie zu beherrschen.

Sie las, ihr Haar fiel zu beiden Seiten ihres Gesichts herunter, sie war sechzehn, der Krieg hatte ihr Leben verwandelt, ihre Familie, ihre Gewohnheiten umgekrempelt, sie hatte die Schule verlassen, arbeiten und mit einer Tante leben müssen, die sie kaum kannte, dann mit einer Verrückten und einem Kämpfer. Ich betrachtete ihre Hände auf den Buchseiten, ihre Finger, die keine Ringe trugen, ihre gebräunten Unterarme.

Den ersten Menschen, den ich im Gefecht getötet habe, erschoss ich aus nächster Nähe am zweiten Tag des Krieges. Ein Offizier hatte mich an einem Fenster im Erdgeschoss eines Hauses an einer Straßenkreuzung postiert und mir gesagt: Wenn jemand vorbeikommt, schießt du. Ich hatte eine Kalaschnikow, ich schwitzte Blut und Wasser, es war heiß und ich hatte Angst. Irgendwann kam ein Mann in feindlicher Uniform daher. Ich begann zu zittern, zu zögern, ich wusste nicht, ob ich schießen sollte oder nicht, ich sah ihn ganz unbedarft durch die Gasse kommen, er sah nicht gefährlich aus, und trotzdem richtete ich aus irgendeinem Grund die Waffe auf ihn und schoss, aus einer Art Neugier, weil ich sehen wollte, was passieren würde. Mein Gewehr war auf Dauerfeuer eingestellt, ich verschoss fünfzehn Patronen in drei Sekunden, ohne mir darüber im Klaren zu sein. Drei Meter von mir entfernt sah ich die Überraschung im Gesicht des Mannes, die Augen vor Schmerz weit aufgesperrt, sein Körper aufgebäumt und zerrissen, sein Hemd zerfetzt, sein Blut spritzte nach hinten an die Hauswand, auf die ich blickte, und ich begriff nicht, dass ich meinen gekrümmten Finger vom Abzug nehmen musste, und wurde von der Waffe ebenso sehr geschüttelt wie der Körper, den die Schüsse zurückwarfen. Schließlich schleuderte es ihn an die Hauswand, eine ekelhafte Wunde öffnete sich an seinem Bauch, aus der brodelndes Blut und Eingeweide hervorkamen, am Boden begann sein rechtes Bein zu zittern, sekundenlang bebte es ununterbrochen und sehr schnell, bevor es nach einem letzten Krampf reglos liegen blieb. Auch ich zitterte am ganzen Körper und sackte hinter meinem Fenster zusammen, ich sah nur noch das Schauspiel dieses zuckenden Beins, aus dem die Triebkräfte des Körpers entwichen, wo die Maschine außer Kontrolle geriet. Mein Bizeps spannte sich immer mehr an, ich war elektrisiert, zitterte, sah nichts mehr, ich hatte Angst. Angst, selbst dort an der Mauer zu liegen, Angst vor diesem überraschenden Schmerz, den ich im Gesicht des Mannes gesehen hatte; ich hatte Angst, eine Eidechse zu werden, die sich in ihrem Blut wand, während ihre Gedärme aus ihrem Körper hingen, und ich begann zu schluchzen, als hätte ich mich selbst getötet, bis dieser Offizier irgendwann, wie lange danach, weiß ich nicht, zurückkam und mich abholte.

Seine Hand auf meiner Schulter und seine kameradschaftliche Stimme richteten mich wieder auf, ich schämte mich ein

wenig dafür, dass ich mich hatte gehen lassen. In meinen Alb-
träumen sehe ich noch immer dieses Bein, dieses unmensch-
liche Zucken, aber nicht mehr das Blut und auch nicht die
Gesichter der Toten. Nur diese knappen Sekunden des hefti-
gen Todeskampfs haben sich mir eingeprägt, sie fürchte ich zu-
tiefst. Wenn sich jemand nach einem Schuss am Boden windet,
bin ich manchmal gezwungen, das Auge vom Zielfernrohr zu
nehmen, um nicht die Erinnerung an den Typen in der Gasse
heraufzubeschwören.

Man muss sich daran gewöhnen, lernen, sich zu beherrschen und seine Schwächen zu verbergen.

An all das dachte ich, während ich Myrna beim Lesen auf
dem Balkon zusah, und ich fragte mich, welche Erinnerung
sie gern vergessen würde, welche Bilder für sie die Macht und
die Bedrohlichkeit von meinen hatten – vermutlich keine. Ihre
Anwesenheit wirkte beruhigend auf mich, sie brauchte dazu
weder zu sprechen noch sonst etwas zu tun, doch als es Abend
wurde, überkam mich ein Anflug von Traurigkeit, ich hatte
Lust auf nichts, weder auf sie noch auf sonst etwas.

Manchmal hob sie den Kopf, um mich anzusehen, sicher
spürte sie meinen Blick auf ihrem Gesicht; und sogleich ver-
tiefte sie sich wieder in ihr Buch.

Von all diesen vermischten Erinnerungen und dem seltsamen Gefühl, dass Myrna sich mir wieder entziehen würde,
dass ich sie nie besitzen würde, wurde ich zum Weinen traurig,
es war lächerlich, und wie immer machte sich hinter der Traurigkeit die Wut bemerkbar wie ein Schatten, und ich fing an,
ihr weh tun zu wollen, mich rächen zu wollen für diese blöde
Sehnsucht und die Tränen, die sie in mir aufsteigen ließ.

Ich ging in mein Zimmer, legte mich hin und versuchte, zu
vergessen.

Zum Glück fehlte es mir an Schlaf und meine Gedanken ließen mich in Ruhe. Irgendwann hatte ich den Eindruck, dass Myrna die Tür öffnete, um nachzusehen, ob ich schlief, wahrscheinlich war es Zeit fürs Abendessen; leise schloss sie sie wieder. Ich wachte kaum auf, weiß nicht einmal mehr, ob es mehr war als ein Traum.

Ich stand sehr früh auf, war voll in Form, der Himmel war noch blaurot von der Morgendämmerung. Ich duschte und ging hinaus. Ich ging zum Kommandoposten, um zu sehen, was es Neues gab; ich frühstückte dort mit drei Kameraden, die gerade von ihren Posten zurückkamen. Ich bat einen Offizier, den ich kannte, um zwei Tage Fronturlaub, damit ich bei Myrna bleiben konnte, ich bekam sie ohne Schwierigkeiten: Ich hatte mehr als acht Monate ohne Unterbrechung gearbeitet.

Die Front in den Bergen hatte sich stabilisiert, bestimmt würde es für ein paar Tage einen Waffenstillstand geben, wenn der Tag ruhig war, dachte ich, könnten wir zusammen spazieren und sogar ins Kino gehen wie früher, oder ins Schwimmbad, zur Abwechslung.

Als ich in die Wohnung zurückkam, stand Myrna bereits mit meiner Mutter in der Küche und half ihr bei der Einnahme der Medikamente.

*

Die ersten beiden Tage waren wie Ferien. Sie lachte, sie sprach. Wir gingen am Meer spazieren, aßen Zuckerwatte, tranken einen Kaffee am Ufer, gingen ins Kino. Abends machte Myrna die Küche und kümmerte sich um meine Mutter.

Zwei Tage lang rührte ich keine Waffe an, ein echter Urlaub. Myrna schien glücklich darüber, wieder in der Stadt zu sein;

manchmal nahm ich am Strand, im Kino ihre Hand, sie reagierte nicht, es schien ihr aber auch nicht unangenehm zu sein.

In der zweiten Nacht konnte ich nicht schlafen. Ich wälzte mich in meinem Bett, ich hatte wieder die Bilder von der Frau im Dorf vor Augen, ihre Vulva, Zak in ihr, und ich stellte mir Myrna vor – manchmal mit einer Waffe vor dem Gesicht, manchmal nicht, manchmal, dass sie es bereitwillig mit sich machen ließ, weil sie mir vertraute, aber daran wollte ich nicht denken, ich weiß nicht, ich empfand auch Scham. Lieber malte ich mir aus, sie läge auf dem Tisch im Dorf mit Zak, ich beobachtete sie eine Weile, schließlich trat ich hinzu und tötete ihn, und dann sah ich Myrnas Blick voller Dankbarkeit, sah sie keuchend, die Beine geschlossen, die Arme über der nackten Brust verschränkt.

Nach ein paar Stunden hielt ich es nicht mehr aus. Ich stand mitten in der Nacht auf, ging auf den Balkon, um Luft zu schnappen – mir war bewusst, dass ich dorthin ging, um sie schlafen zu sehen. Sie war ganz weiß und ruhig hinter ihrer Jalousie, ein sanfter Atem und ein Geruch nach Schlaf drang aus dem Zimmer, der Mond schien nicht, man sah fast nichts. Ich setzte mich ganz dicht an ihre Fensterläden. Ich passte meine Atmung der ihren an, ihr Atem ging schneller als meiner. Ich wollte ihre Haut, ihre Hand spüren, unter ihre Decke schlüpfen wie ein Gespenst.

Je länger ich dasaß, umso mehr fühlte ich mich frustriert, abgelehnt, umso mehr drängte es mich, mein Gewehr zu nehmen und auf ein Dach zu steigen, doch eigentlich hatte ich dazu keine Lust. Ich ging eine Weile auf und ab, dann kehrte ich in mein Bett zurück und befreite mich mechanisch von dieser dämlichen Anspannung.

Der Albtraum kam überraschend, bei Tagesanbruch. Ich hatte noch nicht einmal gemerkt, dass ich eingeschlafen war, was ihm eine schreckliche Realität gab; ich lag nackt auf Myrna, wir liebten uns, ich spürte unter meinem Schenkel die Zartheit ihrer Haut, ihres Bauchs. Plötzlich begann ihr Gesicht sich zu verwandeln, als finge es an zu faulen; ihre Haut war voller Blutergüsse, blauer Flecken; sie hatte eine entsetzliche Wunde mitten auf der Stirn, ich fühlte, wie sich etwas unter mir bewegte, winzige Erschütterungen, und ich wusste, dass ich für diese Veränderung verantwortlich war, dass ich sie in einen Leichnam verwandelte, aber ich konnte nichts dagegen tun. Entsetzt stieß ich sie zurück und merkte, dass aus ihren Eingeweiden Dutzende sich windende, weiße Würmer krochen, eine Art großer und glibbriger Raupen. Ich stieß einen Schrei aus und schreckte schweißgebadet aus dem Schlaf hoch.

Als das Entsetzen vorüber war, dachte ich an die Schreie meiner Mutter in der Nacht. Was sah sie wohl in ihren Träumen? Ich fühlte mich alt und angeschlagen, und nur das aufmunternde Morgenlicht, das durch das Fenster drang, bewahrte mich davor, in Selbstmitleid zu verfallen.

Danach war ich den ganzen Tag über angespannt, als ob mir etwas fehlte, das ich nicht benennen konnte. Ich wusste nicht, worüber ich mit Myrna reden sollte, am liebsten hätte ich ihr vom Krieg und von den Gefechten erzählt, aber ich spürte deutlich, dass ihr nicht danach war, diese Geschichten zu hören. Ich hätte ihr auch gern von meinem morgendlichen Traum erzählt, doch das war unmöglich. Der Tag war endlos, ich brauchte Betätigung, ich musste zurück an die Front, auf meinen Posten oder aufs Dach. Myrna sah mich umherirren und sagte schließlich:

»Sollen wir spazieren gehen? Du wirkst nervös.«

Ich willigte ein, wir gingen los. Der Wind war stark und angenehm, der Himmel leicht bedeckt. Wir nahmen ein Taxi zum Meer, die Wellen schleuderten Gischt auf den Asphalt, die fein und leicht war wie Sprühregen. Die noch kräftige Sonne hinter den Wolken tauchte den Horizont in apokalyptische Farben. In südlicher Richtung stieg eine schwarze Rauchwolke auf, Reifen brannten oder ein Auto war explodiert.

An der Straßensperre an der Kreuzung grüßte ich die Kameraden. Einer von ihnen hatte am Feldzug in den Bergen teilgenommen. Wir wanderten eine Zeitlang stumm am Meer entlang, dann fragte mich Myrna.

»Meinst du, der Krieg dauert noch lange?«

»Ich weiß nicht. Schon möglich.«

»Es kommt einem vor, als wollte ihn niemand beenden. Als müssten alle sterben, damit er endet.«

Ich lachte, im Grunde genommen hatte sie Recht.

»Oder einer müsste gewinnen.«

»Wirst du die ganze Zeit im Krieg kämpfen?«

»Ja, sicher. Man weiß nie … Es sei denn, etwas würde sich ändern.«

Mehr sagte ich nicht dazu. Ich wusste auch nicht, was sich hätte ändern können.

Sie blieb stehen und sah mir in die Augen.

»Es sind Leute wie du, die diesen Krieg machen.«

Ich war ein wenig erstaunt, in ihrem Blick lag etwas Verächtliches.

»Du meinst, die in ihm kämpfen. Es sind die, gegen die wir kämpfen, die diesen Krieg wollten.«

Sie zuckte mit den Schultern. Sie war eben noch ein Kind, sie begriff nichts. Sie ging weiter.

Der Wind blies stärker, ständig wehte er ihr das Haar ins Gesicht. Über dem Meer fing es an zu blitzen.

»Komm, wir gehen zurück, bevor der Sturm losbricht.«

Ich ließ ihr keine Zeit zu antworten, nahm sie am Arm, um sie zur Straße zu führen, sie wehrte sich und wollte sich losmachen. Ich stoppte ein Taxi, wir kamen gerade rechtzeitig zu Hause an, bevor die ersten Tropfen fielen.

Der Himmel war wieder düster, Donner grollte. Es begann, stark zu regnen, eine wahre Sintflut, ich setzte mich auf den Balkon, nahe der Tür, um nicht nass zu werden. Die Straße verwandelte sich in einen Fluss, einen Wildbach, eine gewaltige feuchte Kühle stieg vom Boden auf. Starke Windböen trieben Regensäulen vor sich her wie kleine Zyklone, alle fünf Sekunden riss ein Blitz die Wolkendecke auf, so dass der Donner nicht mehr aufzuhören schien.

Meine Mutter begann zu schreien, heulte im Takt des Sturms. Ich hörte, wie Myrna versuchte, sie zu beruhigen, es ist nichts, es ist nichts, es ist nur ein Gewitter, hör doch, es regnet, es ist ein Gewitter – und es gelang ihr wirklich, die Schreie meiner Mutter wurden kurz leiser, bis der nächste Donner losbrach; dann stieß sie wieder entsetzliche, markerschütternde Schreie aus, als wäre sie in höchster Not.

Plötzlich legte das Gewitter noch einmal an Kraft zu. Die Autos schwammen im Schritttempo über die Straße, das Wasser stand fast bis zu den Türen, sie versanken in den Spurrillen und spritzten große Mengen Wasser in hohem Bogen auf die Gehwege und bis an die Hauswände. Der Regen war so stark, dass ich halb durchnässt war, obwohl ich im Trockenen saß. Die Stadt badete, wusch sich von Staub und Schmutz rein; das Wasser beseitigte die Blutspuren, füllte die Bombenkrater, spülte den Staub von den Blättern an den Bäumen, brachte glanzvolle Lichtreflexe wie Lichterketten am Himmel an, und ich dachte *O Regen, Regen, Regen, du spendest Perlen und Sterben,* oder etwas in der Art, ein Lied oder ein Gedicht mit einer unregelmäßigen und faszinierenden Regenmelodie, das ich fast vergessen hatte.

Da der Donner allmählich leiser wurde, hörte meine Mutter auf zu schreien, sie stöhnte im Rhythmus, mit dem der Regen gegen die Scheiben schlug, vielleicht hatte sie dasselbe Lied im Kopf, vielleicht hatte ich es von ihr gelernt, es war darin von einem Kind die Rede, das nach seiner Mutter ruft, ich kann mich beim besten Willen nicht mehr an den Zusammenhang erinnern, manchmal ruft uns unvermittelt die Kindheit, überrascht uns. Die Angst vor dem Gewitter, dachte ich, wahrscheinlich hatte ich als Kind Angst vor Gewittern, und sie sagte *Regen, Regen, Regen* auf und erzählte vom Schmuck der Fürstentöchter, von ihren Armbändern und wie der gläserne Tand klimperte, wenn sie in den Pfützen tanzten, man vergisst nichts, tief im Innern ist alles seit jeher da, bereit zu dienen, auch die Schreckgespenster.

Myrna trat zur Balkontür, rief mich: »Komm rein, du wirst klatschnass!«, und ich hörte an ihrer Stimme, dass das Gewitter sie fröhlich machte, sie war froh, unter einem Dach zu sein, dem tosenden Regen zuzuschauen, auch sie wusste, dass die Stadt bald glänzen würde wie poliert, dass die Bäume wieder prächtig grün wären und das Meer violett leuchten würde, als hätte es den fliehenden Wolken die Farbe geraubt.

Der Wind wirbelte durch die Straße und blies in Böen ganze Ladungen von feinen Tropfen bis zum Balkon hinauf, die mir ins Gesicht peitschten. Ich triefte, und so hatte auch ich das Gefühl, vom Sturm gewaschen, gereinigt, beruhigt zu werden.

Nach und nach zog das Gewitter ab, der Regen wurde schwächer, fiel gerade, gleichmäßig. Myrna sah mich lachend an, ich war nass von Kopf bis Fuß. Die Regenrinnen hatten sich in Wasserfälle verwandelt, die Luft war kühl und rein.

»Was für ein Gewitter, irre. Deine Mutter ist erschöpft vor Angst eingeschlafen.«

»Ja, es gießt noch immer, schau.«

Ich wünschte mir, dass sie zu mir kam, aber sie blieb vorsichtshalber in der Tür stehen, bestimmt, damit ihre Schuhe nicht nass wurden.

Ich ging rein, um mich abzutrocknen und umzuziehen.

Nach dem Gewitterregen dampfte das Duschwasser und füllte das Badezimmer. Alles wie im Sommer, in einer nassen, schwülen Sommernacht – ich sah wieder den Leuchtturm, den winzigen Strand unterhalb der Felsen, Zak und alles, was der Krieg uns geschenkt, und alles, was er uns wieder genommen hat, dachte ich. Ich sah ihn im Gebirge, erschöpft, mit geschlossenen Augen in meinem Visier, ich sah ihn im Dorf, ich stellte mir vor, wie er plante, mich in der Nacht mit einer Feuergarbe zu töten. Ich sah uns an den Straßensperren, auf Parkplätzen, in Soldatenkneipen, beim stundenlangen Kartenspielen in einem Unterstand, beim Sandwich-Essen in einem zerfallenen Gebäude. Du hast mir beigebracht, was Krieg heißt, dachte ich, du hast mir alles beigebracht, was ich über den Schmerz und die Lust weiß. Und ich trocknete mich langsam ab, wenngleich ich die Dusche nur ungern verließ.

Nach dem Duschen dürfte es acht Uhr abends gewesen sein. Ich schaute Myrna zu, die mit irgendetwas beschäftig war, Essen kochen oder putzen, sie trug einen Rock, der ihr bis zu den Knien reichte, eine ärmellose, grüne Bluse. Ihre Waden waren kaum dicker als meine Arme. Ich betrachtete ihren Rücken, ich sah, wie sich ihr Hintern unter dem Rock bewegte.

Draußen regnete es noch; von Zeit zu Zeit spürte Myrna meinen Blick auf ihrem Gesicht und drehte sich zu mir, unsere Blicke begegneten sich, und sie kehrte sofort zu ihrer Arbeit zurück, als wäre nichts gewesen.

Nach dem Essen sahen wir fern, ich weiß nicht mehr was, und Myrna ging ins Bett. Es regnete noch immer.

O Regen, Regen, Regen, du spendest Perlen und Sterben, dachte ich.

Ich blieb im Dunkeln im Wohnzimmer sitzen, lauschte auf die Tropfen, die gegen die Scheibe schlugen. Sie klopften leise, regelmäßig, klangvoll, tam, tam, tam. Ich öffnete das Balkonfenster, die Regenrinne spuckte einen kleinen Bach aus, der dem unmerklichen Gefälle der Fliesen bis zum Gitter in der Mitte der Terrasse folgte. In Myrnas Zimmer brannte kein Licht. Mein Herz begann schneller zu schlagen. Draußen war mir fast kalt, ein leichter, regennasser Herbstwind ließ meine Schultern erschaudern. Ihr Fenster war geschlossen. Ich ging in mein Zimmer, nahm meine Waffe vom Nachttisch. Ich drückte sie sehr fest, bis meine Finger weiß wurden. Um mich zu beruhigen, versuchte ich, tief einzuatmen, zu atmen und zu atmen. Ich presste den Lauf an mein Gesicht, mit aller Kraft, durch die Backe spürte ich das Metall an meinem Kiefer. Mein Ohr begann zu pfeifen.

Vorsichtig drückte ich die Tür zu Myrna auf und blieb dann einen Augenblick auf der Schwelle stehen, die Waffe in der Hand. Eine Sekunde lang dachte ich, es wäre einfacher, sie jetzt zu töten, ich hörte sie schneller atmen, erschrocken, ich wusste, dass sie nicht schlief, dass sie mich bestimmt im Gegenlicht im Türrahmen sah. Ich hörte mein Herz schlagen, das Pfeifen in

meinem Ohr verstummte, ich trat an ihr Bett. Sie lag auf dem
Rücken, sah mich an, die Fäuste in die Bettdecke gekrallt, die
Augen wie zwei Kugeln in stummem Entsetzen. Sie kauerte
sich an die Wand, als ich mich auf das Bett setzte, ich hätte ihr
gerne gesagt, hab keine Angst, aber es gelang mir nicht zu sprechen. Ich streichelte ihr Gesicht, sie zitterte, auch ihre Augen
begannen zu zittern, dann kniff sie die Lider zu, bis zwei Tränen aus ihnen liefen, aus ihrem Mund kam ein schwacher Kla-
gelaut. Ich hob ihre Hände sanft vom Oberlaken und schob es
mit dem Lauf der Pistole zur Seite, sie begann zu schreien und
mit den Beinen zu strampeln, ich legte ihr meine Hand auf
den Mund, ich sah ihren weißen Slip unter dem T-Shirt, ihre
Beine, ich streichelte ihre Brust, ihren Busen, alles um mich löste sich auf, es war, als würde ich das Bewusstsein verlieren, ich
sah die Frau im Dorf vor mir, ich sah Myrna fast nackt, hörte
kaum ihre tränenerstickte Stimme, ihr einschneidendes, herz-
zerreißendes Schluchzen, bitte, bitte, nicht, weinte sie, bitte,
ich riss ihr den Slip mit der Waffe herunter, sie wehrte sich,
schlug mich, ich wollte meinen Mund überall auf ihren Körper drücken, spürte ihr Vulva unter meinen Fingern, ihr Rücken wölbte sich unter gellenden Schreien, sie war unglaublich
wendig, und plötzlich rührte sie sich nicht mehr, war gelähmt,
ächzte nur noch von Angst überflutet, ich streichelte behutsam ihr Gesicht im Auf und Ab der Wellen von Blut, Schmerz
und Lust, und sah ihr Gesicht so nahe wie durch das Zielfernrohr, die zusammengekniffenen Augen hielten ihre Tränen zurück, und jeder Augenblick war wie eine Flugbahn, eine Detonation, eine Kugel, die traf, eine Kraft, die mich mitten in
die Explosionen, die Schreie zurückverwies, ich wollte sie nicht
verlieren, ich wollte ihr nicht weh tun, und ich fing ebenfalls
an zu keuchen, sie fester in meine Arme zu schließen, ich ließ

meine Waffe los, nahm ihr Gesicht in meine Hände, ich hielt ihre Traurigkeit in meinen Händen und sie ist über mich gekommen, hat mich überschwemmt wie der Regen, ein trauriger Schmerz begann in meinem Unterleib zu brennen, und auf einmal kehrte, ruhig und beunruhigend, die Nacht zurück. Unsere Herzen schlugen, sie weinte, weinte still, und ich hörte nur den Regen an den Fensterläden, der mir einfach nicht aus dem Kopf ging, *O Regen, Regen, Regen*, Myrna versuchte nicht mehr, ihren Körper, ihren Duft, ihren Bauch zu verbergen, sie drehte den Kopf zur Wand und stöhnte, und jede Träne, jeder Seufzer zerriss mir das Herz, ohne dass ich etwas tun konnte, ich wollte sie in meine Arme schließen, sie verbarg ihr Gesicht, alles war dunkel, die Lampe war wohl ausgegangen, irgendwann dort, in der anderen Welt. Ich lag bei ihr und ich spürte nichts, ich versuchte etwas zu sagen, zu sprechen, dem Schweigen und der Angst ein Ende zu bereiten, aber ihr Körper war wie eine Schranke, wie ein Berg von undurchdringlicher Finsternis. Ich spürte, wie sich Tränen der Scham und der Trauer in meinen Augen stauten, ich schaffte es nicht, ihnen freien Lauf zu lassen, die Berührung ihrer Haut widerte mich an und berauschte mich; ich sah sie, als hätte ich sie zu etwas gemacht, was verdorben ist, zu einer zitternden und vergänglichen Herbstblume.

Ich zog die Bettdecke wieder über sie und hatte dabei das Gefühl, sie mit einem Leichentuch zu bedecken, das Schluchzen, das sie schüttelte, nahm kein Ende wie die Nacht.

Ich stand vom Bett auf, nahm meine Waffe, die auf dem Boden herumlag, ich war voller Wut und Zorn, von einer wilden Kraft erfasst, die automatische Pistole sah mich an wie ein Zyklop oder ein Stern, und ich rannte hinaus.

*

Die Herbstnacht schlug mir ins Gesicht, wusch mich, erfrischte mich und brachte mich wieder zu Bewusstsein. Ich konnte den Geruch von Myrnas Körper nicht loswerden, die ganze Stadt roch nach ihr. Ich ging bis zum Kommandoposten, nahm mein Gewehr und begann, entlang der Hausmauern ziellos durch die Nacht zu wandern. Ich fühlte mich schwach und aufgerieben wie nach einer Niederlage, die Erinnerung an die intimsten Stellen von Myrnas Körper brannten in meiner Brust. Mein kalter Kamerad, das Gewehr, beruhigte mich. Ich hatte das Bedürfnis nach einem Sturmangriff, nach dem Adrenalin der Schlacht, ich brauchte den Geruch der Explosionen, um den von Myrna zu vertreiben.

Ich dachte, ich hätte besser daran getan, sie zu töten, dass ich unfähig dazu sei, und dieser Gedanke machte mir wieder Lust auf sie, er war unerbittlich und folgte dem Pulsschlag bis ins Herz.

Einen Körper, ein Gesicht, einen Mund zu begehren ist nur der fassbare Teil der Nacht, die uns beherrscht, es ist ein Vulkan, der im Ozean Lava und Asche aus seinem Krater schleudert; ich sah, wie sich in meinem Bewusstsein feuerfarbene Risse auftaten, widersprüchliche Dynamiken entwickelten, die eine Flutwelle an Gefühlen und Wut hervorriefen, und ich spürte deutlich, dass Myrna das alles in einem obszönen Hin und Her von Leben und Tod aufsprengen würde. Die Stadt war eine leere Kulisse, in aller Stille verlassen vom Krieg. Ich marschierte, ich wollte wieder an die Front, mehr als einmal war ich versucht, mich an einer Straßenecke in den Hinterhalt zu legen und auf den Regen zu schießen, ich wollte nichts anderes als wieder bei Myrna und ihrem Körper sein, der eine sanfte, dunkle Seite in mir weckte, die irgendwo in der Vergangenheit versteckt war, und je weiter ich marschierte, umso mehr wurden aus den Regentropfen Tränen, alles drängte mich nach Hause, zu ihr ins Bett, dort sollte sie mich empfangen. Ich hatte ihr Gesicht vor Augen, ich spürte, wie sich ihr Bauch vor Abscheu anspannte und wölbte, ihre fest geschlossenen Lippen, ihre stechenden Schreie, und ich wollte, dass alles anders würde, dass sie langsam sanfter würde wie das Meer nach dem Gewitter, dass sie sich unter mir öffnen, ihre Hände auf meinen Rücken legen und mich mit ihrem Haar umschlingen würde.

Die Nacht ging ihrem Ende entgegen, ich rannte Richtung Morgenröte, Richtung Front. An meinen Fingern spürte ich Myrnas Wärme, das Gewehr ersetzte sie, und wie immer pfiff es in meinem Ohr. Ich drang vor ins No Man's Land, ich wich den Minen aus, dem Stacheldraht, ich wählte einen längeren, schwierigeren Weg, an dem überall Späher dösten, ich war atemlos. Ich marschierte noch lange durch Feindgebiet, im Grunde glichen sich die Häuser, dieselben Mauern gaben mir Deckung, und ich musste unwillkürlich an die nächtlichen Gefechte denken, an die Menschen, die ich getötet hatte, daran, wie es sich anfühlte, wenn sich ein Messer zwischen die Rippen eines Unbekannten bohrte, an die Verletzten, die ich durch Kopfschuss vollends erledigt hatte, an die von Geschossen zerfetzten Kameraden, an das Massengrab in den Bergen und an Zak, an sein Glied in der Frau aus dem Bergdorf, das alles sah ich ganz klar, und mein Ohr schmerzte immer mehr.

*

Die verborgenen Wunden sind da, unausweichlich stoßen sie uns Richtung Abgrund, wie ein Geschwür haben sie sich im Gedächtnis und im Bewusstsein ausgebreitet, und nichts kann sie heilen. Die Geister all dieser Toten, der Widerhall all dieser

Schreie holt mich langsam ein. Im Schutz der Morgendämmerung zieht mich mein Gewehr zwischen zwei Stockwerken
weiter nach oben. Ich spüre den Atem der Gewalt, der mich an
den Abgrund weht wie ein Schiff am Rand der Welt, und ich
kann nichts bereuen, kann nichts empfinden, ich werde es zu
Ende bringen, tun, was ich tun muss.

Die toten Blicke und die blutenden Wunden sind ebenso
meine Begleiter wie das Gewehr, das Schießen; Myrnas Schreie
treiben mich die Treppe hinauf, ich wünschte, sie wäre da, an
meiner Seite, damit sie sähe, dass sie Unrecht hatte, dass nicht
ich den Krieg machte, sondern umgekehrt, dass sie diese winzigen Risse, dieses belanglose Knarren im Gebälk des Schicksals
erzeugte, die es nach und nach vollkommen verwandeln, wie
eine Narbe ein Gesicht entstellt.

Jetzt bin ich oben.

Ich habe mich sofort an der Traufe in Stellung gebracht, auf
der Straße unter mir ist bereits viel los, ich komme mir vor, als
wäre ich aus einer Höhle gekrochen, aus der Hölle, und mitten im Leben gelandet. Ich stelle das Zweibein auf, lade ein
Magazin.

Außer Atem schieße ich sehr schlecht; in meinem rechten Ohr pfiff es noch immer. Bei jedem Knall, jedem Schuss
zuckte ich zusammen, war ich wie gelähmt. Das Zielfernrohr
nützte nichts. Ich verfehlte den ersten Menschen, ich sah, wie
die Kugel ihm den Bizeps zerriss, er stürzte außer Reichweite
gegen eine Tür, und offenbar hat er geschrien, denn plötzlich
brach auf der Straße Panik aus. Ich traf eine Frau in den unteren Rücken, etwa zwanzig Leute rannten in allen Richtungen
auseinander wie Insekten, wenn man den Stein anhebt, unter
dem sie sich verbergen. Bei der dritten Patrone hörte das Pfeifen in meinem Ohr auf, ich atmete etwas normaler, traf einen

weiteren Mann, einen Greis, in den Bauch. Ich gab sehr schnell, in etwas mehr als zwanzig Sekunden, sieben Schüsse ab, um wieder zur Ruhe zu kommen. Am Boden liegen Leichen, die Straße ist plötzlich wie leergefegt.

Ich muss hier weg.

Mein Kopf ist leer.

Auf der anderen Seite der Front wartet Myrna auf mich. Ich lade wieder das Gewehr, springe aufs Nachbardach, ich sehe, wie sich unter mir ein Schlund auftut und wieder schließt, als ich auf dem Dach lande. Irgendwie ist mir schwindelig geworden. Ich setze mich. Tränen verschleiern meinen Blick, mir wird weiß vor Augen.

Schließlich schleppe ich mich zur gegenüberliegenden Seite des Dachs, dort habe ich eine Straße in der Schusslinie, ich baue mein Zweibein auf und klemme mich hinter das Zielfernrohr. Etliche Zivilisten und einige Soldaten rennen durcheinander. Ich ziele auf eine Frau, die auf mich zu rennt, ich sehe ihre Brüste im Rhythmus wippen, Tränen laufen ihr übers Gesicht, sie fürchtet sich, fürchte dich nicht, sage ich ihr, vertrau mir, man muss bis ans Ende gehen, ich nehme ihre schwankende Stirn ins Fadenkreuz. Ich verabschiede mich von ihr, ich will bis zum letzten Moment warten mit dem Schuss, bis sie näher kommt, ihr Gesicht größer wird, mein Finger ist in Position, meine Atmung geht ruhig, sie sieht zu mir hinauf, richtet entsetzt den Blick auf die Dächer. Ich streichle ihr Gesicht mit dem Visier, sie sucht mich, sie sollte schleunigst irgendwo Deckung suchen, aber sie ist hypnotisiert von dem, was sie nicht sehen kann, genau wie ich in dem Moment, da ich abdrücke und weiß, dass sie die Letzte sein wird, in meinen Ohren pfeift es nicht mehr, die Morgendämmerung ist still, die Stadt schützt mich. Ich muss jetzt nach Hause.

Danach muss ich gut zwei Stunden unterwegs gewesen sein, ohne es gemerkt zu haben, es war der gefährlichste Rückweg, den ich jemals gemacht hatte, fast bei Tageslicht, im Laufschritt, wie ein Schatten, geistesabwesend, ich bin schon bei dir, dachte ich, ich komme zurück, du wirst sehen, alles wird gut. Ich hatte die Vorahnung, dass bei meiner Rückkehr nichts mehr so sein würde wie früher, dass sich etwas öffnen, für immer ändern würde, doch ich wusste nicht, ob ich es Hals über Kopf angehen oder vermeiden sollte, der Regen hatte aufgehört, einige Tropfen hingen noch in meinem Haar und rannen manchmal die Stirn oder den Hals hinab, und plötzlich stand ich am Ende meiner Straße und hoffte, dass sie noch nackt unter ihrem weißen Laken liegen und mit pochendem Herzen auf mich warten würde, dass sie mich endlich in die Arme nehmen würde und wir zusammen vergessen könnten.

*

Ich legte das Gewehr und die Pistole auf einem Sessel ab, zog meine Jacke aus und näherte mich ihrem Zimmer. Ich schaffte es nicht, hineinzugehen, ich stand vor einer riesigen Wand, fühlte mich unsicher, eingeschüchtert, mein Herz schlug zum Zerspringen.

Ich zögerte einige Minuten, holte tief Luft und trat ein. Sie lag im Nachthemd auf dem Bett, mir zugewandt, das Haar fiel ihr über das Gesicht, sie schlief zusammengekauert, die Beine angezogen.

Ich trat vorsichtig zu ihr, im Licht, das aus dem Wohnzimmer hereinfiel, sah ich die Medikamentenbox meiner Mutter, die verstreuten Blister, das leere Glas, die leere Karaffe,

den Arm, der aus dem Bett hing, die winzige Hand völlig verkrampft, weiß wie das Laken.

Ich ging neben ihr zu Boden, ihr Arm war weich und kalt,
ihr Mund halb geöffnet, ich strich das Haar aus ihrem wachs-
bleichen Gesicht, das aussah wie das eines schlafenden Kindes,
ich deckte sie mit dem Laken zu, streichelte ihre tote Schulter,
ich ging hinaus und schloss die Tür hinter mir.

»Ein schillernder, wundervoll geistreicher Epochenroman über Deutschland und die Welt.«

Dirk Fuhrig, *Deutschlandfunk Kultur*

Ü.: Holger Fock und Sabine Müller
256 Seiten. Gebunden

September 2001, ein Kongress auf der Havel. Gewürdigt wird Paul Heudeber, Mathematiker, Kommunist und KZ-Überlebender, der spätestens seit seinem ungeklärten Tod Heiligenstatus genießt. Alle Blicke der Anwesenden wandern verstohlen zu Maja Scharnhorst, Pauls große Liebe, mit 83 faszinierend wie eh und je, auch sie eine Legende, die sich irgendwann für eine Karriere im Westen entschieden hat – ohne Paul. Als die Bilder der zerstörten Twin Towers die Festgesellschaft erreichen, nimmt die Veranstaltung eine ganz andere Wendung. Und es ist an Irina, der Tochter dieser überlebensgroßen Liebenden, die losen Fäden Ihrer Geschichte zu entwirren und neu zu verflechten.

 HANSER BERLIN

hanser-literaturverlage.de